EFTERKLANG

Andre udgivelser fra Per Fjord

I dag er landet vort. Musikudgivelse 1980
Stumper af et stykke. LP 1983
Fra Revy til rock. Fagbog 1986
Sol efter regn. LP med Svend-Erik Pedersen 1990
Udenfor billedet. CD med Svend-Erik Pedersen 1993
Et lille kys på kinden. CD 2000
12 sange. CD 2001
Familien Tal. Matematikhistorier for børn. 2004-2016
Tæt på. CD med Erling Lund-Jensen. 2005
Gråzoner. Noveller. 2007
En flænge i tiden. Digtsamling og CD 2009
Tre rustne stemmer. CD med Per Warming
Og Pelle Voigt. 2010
Udvalgte firkanter. Noveller. 2011
Bluessanger. Digtsamling og CD med træsnit 2014
Peace of Christmas. Musikudgivelse
med Svend-Erik Pedersen 2015
HANK. En gavtyveroman. 2016
Songwriter. To sange med Vesthhusets
Sangskriverklub. 2016
Grafik til Svend-Erik Pedersens. Spillemandsbogen
2016
Ind i billedet. En bog om kunsten. 2016
Før eller senere. Digte & sange med grafik. 2018
Rusten kærlighed. CD 2020 med Jens Christiansen
Den lykkelige bager. Fortælling for børn 2021

Per Fjord

EFTERKLANG

UDENFOR BILLEDET

Fortællinger fra et album

HANKAT-Production

<u>EFTERKLANG</u>
Fortællinger fra et album

Copyright. Per Fjord 2021.
Forlag: BoD – Books on Demand, Hellerup, Danmark
Tryk: BoD – Books on Demand, Norderstedt, Tyskland
Omslagbillede: John Strange
Layout: Per Fjord
Bogen er sat med Palatino

ISBN. NR. 9788743033493

www. Perfjordogkunsten.simplesite.com

Indholdsfortegnelse

ÅND PÅ MIT HJERTE

Nu tænder min stjerne på himlen igen
I nat er vi helt alene
Nu lyser min sang over verden igen
blandt vildrosers nøjsomme grene

Fandt små horisonters gråtynde streg
og regnbueguld bag en bakke
Men alt hvad jeg søgte, var egentlig dig
og stjernernes lys bag din nakke

Ånd på mit hjerte og tæl så til ti
Se hvor det skælver af glæde
Ånd på mit hjerte før alt er forbi
Så er vi begge til stede

Således befriet fra masker og spil
er alt som en nyfunden glæde
Vi ved aldrig hvor det mørke slår til
der løfter et hav af vrede

Ånd på mit hjerte og tæl så til ti
Se hvor det skælver af glæde
Ånd på mit hjerte før alt er forbi
Så er vi begge til stede

Hjertet er en muskel. Det ved enhver. Hjertet er en pumpe af det fineste kød. Et kunststykke bygget af levende væv fyldt med blod, sener, nerver, fedt, vener og arterier. Hjertet holder cirkulationen i gang for fattig som for rig, så livet kan udfolde sig, med sine mere eller mindre mærkværdige aktiviteter kan man roligt sige. Storslåede, smukke vidunderlige, stupide, kærlige, ondskabsfulde og umenneskelige aktiviteter. Hjertet slår for det hele. Dunk, dunk til hverdag og fest indtil det en dag ikke slår mere og bliver til jord.

Det meste er dog dagligdag. Det allermeste er kedsommelig rutine og nødvendighed af automatisk karakter. Man vågner den ene dag, og dagen efter er man død. Eller man går hjemmefra som tiårig og vender tilbage som voksen med syv hak i revolverskæftet og en desillusioneret livsopfattelse fyldt med kalk og krise.

Er der noget fælles? Er der noget, vi kan gribe fat i og sige: "Ja, sådan er det sandelig at være menneske? Her er essensen af den menneskelige skabnings iboende styrke, skønhed, kraft og fantasi.

Æde, skide og sove. Selv de mest ophøjede personer kan ikke fraskrive sig disse basale aktiviteter, og det er i sandhed et luset resultat for en art, der er udvalgt af selveste Gud til at herske over, og tilsyneladende destruere, alverdens dyr og planter, samt det der er værre.

Selvfølgelig har vi kærligheden. Denne mærkværdige følelse der kaster sig ud fra verdensrummet som et stort gennemsigtigt gespenst og omfavner os alle med sine narkotiske kick og livsforlængende dagligdag. Plus det løse. Selvmord, gråd, vold, jalousi, had og ulykke. Som sådan en slags forfatter kan jeg i hukommelsen citere Kirkegård og nikke genkendende. –"Man bliver måske nok lykkelig ved at finde kærligheden, men man bliver kun digter ved at forlade den igen." Så jeg forlod den med jævne mellemrum.

Først mødte jeg kærligheden som barn. Ja faktisk før jeg blev født. Mine unge forældre var meget forelskede og muligvis også temmelig liderlige, sådan som unge mennesker har for vane at være. Jeg tror nok at hormonerne var totalt frit svævende i dressurløs tilstand hos de to. Resultatet blev mig og det er jeg glad for. Det kunne rent ud sagt være blevet meget værre, endskønt jeg var et resultat af ubeskyttet sex.

Kærligheden, fællesskabet, ånden og menneskets storhed og elendighed er hvad jeg har set og det er det, jeg nu nedfælder på disse sider her på kanten til ingenting. Gravens rand.   På vej ud i det virkelige mørke, afslutningen på det hele, selv om man egentlig synes, at der burde være mere tilbage i det afmålte fingerbøl, man fik tildelt engang. Og selv om der er meget, man gerne ville nå. Ting der burde gøres. Tanker der burde tænkes. En latterlig gang selvhøjtideligt vrøvl og sådan har det vist altid været.

Jeg betragter mig selv og min verden gennem en femårig drengs øjne. Jeg ser verden nedefra. Lange ben, træstammer, tørrestativer, bordben, flagstænger, træskostøvler, gummistøvler, nylonben og belortede koben, heste og skibsmaster. Jeg ved allerede nu, at nogle mennesker ikke ejer evnen til at håndtere kærligheden, jeg har set dem og hørt deres forfrosne stemmer udstøde ord, der er uforståelige, men iklædt en skinger form for ondskab og uformåenhed, som om de på et tidspunkt i deres liv har mistet et eller andet, som jeg ikke ved hvad er. Noget jeg selv har i min baggrund, noget som de aldrig har haft mulighed for at erhverve, og hvilket er synd og skam, eftersom verden ville være en bedre verden at opholde sig i for alle, hvis disse mennesker ikke var blevet ødelagt af andre ødelagte mennesker, som en evindelig forklaring om arvesyndens håndgribelige tilstedeværelse i verden eller bare den sociale arvs evindelige forbandelse.

Den skævbenede kvinde og hendes hysteriske vrede husker jeg, når hun ruskede sit fireårige barn og skreg ind i ungens snotbefængte ansigt.

"Du er så dum, så dum, så dum," skreg hun. Selv har jeg vel været seks, syv år gammel og ikke i vane med at få skæld ud, om end det naturligvis skete, men jeg husker det ikke som noget direkte hadefuldt, som om man helst ikke skulle være født ind i livet. Jeg tænker nu, at en sådan kærlighedsløs opvækst har sat sit præg. Jeg tænker, at den skævbenede kvinde har båret sin egen kærlighedsløse opvækst videre og videre og videre, som en nedarvet sygdom til de kommende slægter. En ødelagt evne til at kunne give og modtage kærlighed. Senere hørte jeg en samtale hos en legekammerat, hvor der var en del børn i huset. Faderen var en sur stodder, som man helst holdt sig på afstand af. Han kom ind fra stalden og kommenterede sit afkoms livlige tilstedeværelse til konen med følgende ondskabsfulde bemærkning:

"Har jeg ikke sagt, at når jeg kommer ind, så skal det lort være af vejen."

Jeg forstod det. Selv om jeg var en lille knægt på 5-6 år, så forstod jeg det alligevel. Jeg har altid kunnet mærke den slags stemninger. Luften blev pludselig ladet med dårlig energi. Ansigter stivnede, og stemmer fik en anden klang som om en usynlig, vred magt kom forbi og pustede sin ukærlige ånde ud i lokalet. Det lort han omtalte, var hans egne børn. Stodderen var en usympatisk idiot, der sikkert selv havde fået samme bekomst, eller det der var værre. Men det burde vel netop afholde ham fra at være lige så dumt et svin overfor sine egne børn, men han var fanget i strømmen af følelsesløs fattigdom. En formildende omstændighed er måske, at manden absolut ikke havde stået først i rækken, da der blev delt hjerner ud. Om end dumhed ikke altid bør være en formildende omstændighed. Jeg har i mit liv mødt mennesker med meget begrænsede åndsevner og dog i besiddelse af en hjertets renhed og medfødt kærlighed til både dyr og mennesker. Dumme svin og asociale skiderikker findes ofte blandt de såkaldt kløgtige og velanskrevne, hvilket tydeligt anskueliggør hvad det nuværende, og i visse kredse højt besungne, kapitalistiske markedssamfund håndhæver som betydningsfuld kultur, og i øvrigt fremviser i en jammerlig åndsfattig forklædning bag kors og bånd og stjerner, skrammel, løgn og bedrag og den evindelige begærlighed, der hersker overalt.

De ustadige sind findes både oppe og nede. Humørsvingninger hos mennesker som kan forklares eller ikke forklares. Elevatorsind som en af mine venner har kaldt det engang. Den onde stemning der lægger sig som isvinterens snigende rimtåge, hvor man flakker omkring ude på fjordisen og forsøger at gå efter en svag lyd fra det levede liv inde i landet. Og man kan høre svanerne skrige i sejlrendens åbne våge og ved, at det er væk fra den lyd, man skal gå. Ind i tågen og i værste faldt rundt og rundt. Eller fryse fast til overfladen og aldrig nå ind til bare den mindste smule sandhed om hvad livet egentlig går ud på.

Mennesket kan tåle meget kærlighed. Og jo mere det gives, jo mere kan det give videre. Men de der intet får eller kun tildeles de livgivende følelser i små afmålte portioner, de risikerer at ende som forknytte knudemennesker eller som ondskabsfulde psykopater. De omflakkende. De fastfrosne. De onde.

Størst af alt er kærligheden, som skrevet står i den hellige skrift, hvor der i øvrigt står alverdens besynderligheder, kloge ord og mængder af gedigen sludder. Men kærligheden er som solen, når den løfter sig på himlen efter måneder med uvejr, regn, tåge, slud og isnende storme, og den livgivende varme kommer til syne og frigør den frostbundne jord, eller bringer måneders slappe og plørede udveje tilbage til noget der ligner fast grund under fødderne. Gensynets øjeblik. Forsoningen efter ugevis af dysterhed og ond stemning, uvished og forvirring.

Jeg kender det. Jeg har levet i det engang i fortiden, med en dejlig kvinde der ikke kunne bryde igennem sit stivsind, eller hvad man nu skal kalde det. Der var ingen overgiven passion hos hende. Der var ingen vej ind til det fritlagte menneske. Ind til det sted hvor en mand og en kvinde mister fodfæste og overgiver sig til den store tanketomme forening. Safternes hvinende, primitive, eksplosion. Eller man kan desværre lidt bedrøvet erkende: – Jeg fandt aldrig derind. Måske fordi jeg ikke havde de evner der skulle til. Det magiske ord. Nøglen til det nære rum.

Forholdet blev alt for langvarigt og endte i noget der lignede en praktisk foranstaltning. Der gik år efter år, hvor vi var sammen uden egentlig at vide hvorfor. Måske på grund af børnene. Måske fordi det var det nemmeste

I de unge år kunne man oppiske en ond stemning og efter dage med tristhed, sure miner og vrede, ende med at se sprækker i betonen. Mærke tiltrækningen, tilgivelsen og varmen, og ende i gloende favntag.

Senere blev det rutine. Som sådan ikke en evighed af dårlig rutine. Hverdage er ikke dårlige. Hverdage giver ro i sindet. Men livet siver lige så stille ud gennem det spinkle spindelvæv, der nærmest i trods og som en halsstarrig mangel på realitetssans lader tingene fortsætte til et punkt hvor alt blod er blevet til vand. Fortyndet ud i det uendelige.

Den betingelsesløse kærlighed hører til i barndommens land. Sådan vil det være i bedste fald. Landet der flyder med mælk og honning. Moderens omsorg for barnet i bred og praktisk forstand og dernæst sødmen ved at være til i livet, glæden og kærligheden. En honningkrukke med duft af lykke lagt ind i menneskers tidlige år. Livet er godt, og du er elsket, og du har fortjent at være til.

Mængden af mælk og honning har betydning for menneskets videre færd. Den der udvikler angst for livet har sikkert fået mælk, men alt for lidt honning. Dette formentlig ret udbredte misforhold vil påvirke menneskers kærlighedsevne hele livet. Når den første, stormende forelskelse har lagt sig vil det være seksualiteten, der skaber intimitet mellem to mennesker. Eller det kan være vrede grænsende til had, der som en slags uvejr lukker op til den sidste rest af nøgen fortrolighed. *Så er vi begge til stede* den korte stund et skænderi eksploderer. Måske efter ugevis af skyttegravskrig, stikpiller, velvalgte misforståelser og trampen rundt i ligegyldige petitesser.

Sissifos rullede den samme sten op ad bjerget igen og igen. Narcissus elskede sit eget spejlbillede. Kærligheden er en underlig fisk. Den lader sig ikke indfange, men den kræver et levende åndedræt for at forblive frisk. Ikke som det samme livet igennem. Enhver ved jo, at alting ændrer sig med tiden. Og menneskers tid på jorden er så kort, så utrolig kort. Og det ser desværre tit ud som om at mange på trods af den kendsgerning lever et liv efter den gamle børneremse. "Oppe i gardinerne hænger appelsinerne. Mændene og konerne spiser af citronerne."

På et tidspunkt står man tilbage og erkender, at ens forventninger til livet og kærligheden var fyldt med uopfyldelige mål. Det blev det, det blev.

På sporet. Linocut

ELENDIGHEDEN FLØJTER

Konstaterer regn og gråvejrsstemning
Et godstog lægger dagens dansetakt
Du har danset ud af sporet uden hæmning
og svaret ja til alt hvad vi har sagt
       Og elendigheden fløjter
       som et skingert rødt signal
       og rusen gør dig syg og splittergal
Store frihed, hvem sætter dine grænser
når ligegyldighedens tågedis
har frosset enhver anstændighed til is

Et forstenet liv, blegt og lille
Et skyggeliv, var hvad mit øje så
I en kedsom vinter så grå som denne
er der ikke mange lys at tære på
       Du har aldrig sagt så meget
       Dine ord var få og små
       Og aldrig om det liv du ville nå
Store mildhed, jeg ønsker, jeg kunne
række mine hænder frem og gi
langt mere end ord hver gang jeg går forbi

Du ser i glimt at nogen bar dig
       i et barndomsland af kærlighed
       Du rækker ud, men ingen tager dig
       I en helt anden ubønhørlig tid

Du har brændt så mange broer
og kigget efter røgen
et sted blandt fyldebøtter fyldt med løgn

Et sørgeligt spild af tid på jorden
Besat af selvhad og evig flugt
En skønne dag der ender turen
uden nogensinde helt at være brugt
   Og elendigheden fløjter
   Som et skingert rødt signal
   Og flaskedjævlen skriger som en gal
Store mildhed, jeg ønsker jeg kunne
række mine hænder frem og gi
langt mere end ord hver gang jeg går forbi

Vi ryddede op i hans lejlighed. Jeg kørte samtlige møbler og en hel del andre effekter direkte på genbrugspladsen. Tøj, dyner, puder, husgeråd, et par afbrændte højtalere, en overskidt springmadras, en flækket guitar, et hav af tomme flasker og to fyldte indkøbsposer med pornofilm på vhs-bånd. Ja, stort set alt hvad der var stuvet sammen i hans lille lejlighed, forsvandt i løbet af en eftermiddag i containerne for stort og småt brændbart som en endelig udslettelse, fra den verden han aldrig magtede at leve i.

Det er min bror. Det er ham jeg taler om. Min eneste kødelige bror, og denne her enetale til varevognens instrumentbræt er både forklaring og bortforklaring. Speedometernålen svarer igen med et grønligt lys og jeg bestemmer farten, eller er det sandhedsværdien, i det jeg taler om, der drejer op og ned som seismograf på det runde måleapparat. En hemmelig løgnedetektor som afslører mine selvgode påstande og kujonagtige bortforklaringer, fordi jeg var en dårlig bror.

Sandheden er: Han døde ene og forladt på et hospital i Køge, af det der i lægesprog hedder akut leverkoma. Han kom aldrig til bevidsthed. Han lå på sit dødsleje, gul, ophovnet og bevidstløs. Jeg så det selv, og jeg talte til ham, og jeg var meget ked af det jeg så, men hans tilstand var ingen overraskelse for andre end for vores mor, der aldrig havde villet forstå situationens alvor. Mødre er ikke altid realistiske i forhold til deres børn. Hun erkendte aldrig at hendes mindste søn var et alkoholisk vrag. Eller det gjorde hun vel, men andre skulle ikke høre det fra hendes mund.

"Dit lille fjols," var min kommentar ud i det kliniske, hvidmalede hospitalsrum. "Hvad fanden har du nu gjort?"

Jeg syntes, at hans ansigt bevægede sig. Man siger jo, at hørelsen er det sidste der forsvinder, når et menneske skal dø.

Dagen efter var han død. Jeg og alle andre vidste udmærket, at han havde drukket sig ihjel. Forud for hans død var gået en årrække, hvor alt bare blev ringere og ringere. Sejlet væk i alkohol og hashtåger.

Jeg har tit tænkt på, hvorfor det skulle gå sådan. Nogle vil sandsynligvis i uvidenhed påstå, at det skyldtes dårlig opvækst. Den sædvanlige jammerlige forklaring, der afgjort passer i mange tilfælde, men her passer den ikke. Der er ingenting i vores opvækst, der kan forklare, hvorfor han skulle dø 54 år gammel slidt op af diverse former for misbrug. En selvdestruktiv rejse der begyndte tidligt i hans liv, som om han var født med et blødt punkt. En slags bygningsfejl, som ingen kunne reparere. Jeg har alligevel ofte tænkt, at netop jeg kunne have gjort en forskel, men jeg evnede det ikke og måske passede det ikke ind i mit liv, som om den slags nogensinde passer ind i et liv. En sølle undskyldning, som i virkeligheden dækker over både uformåenhed og letkøbt ligegyldighed. Det var det nemmeste at lade ham sejle i egen sø. Jeg var den stærkeste. Ingen tvivl om det, og jeg forventede vel, at han kunne hanke op i sig selv. Stramme sig an. Tage sig sammen eller hvad man nu ellers tænker og siger om den slags svage mennesker, vel vidende at det som regel er en umulighed. "Stramme sig an" flosklen er en letkøbt bortforklaring fra mennesker, der ikke evner at hjælpe andre. – Men han ville jo ikke hjælpes. For fan!

Sprut og stoffer tog styringen i hans liv i en tidlig alder, men hvorfor det skulle gå sådan, det har jeg aldrig forstået, og han havde heller ikke selv nogen forklaring på sin elendighed, men han understregede meget kraftigt, at det var i hvert fald ikke begrundet i et dårligt og kærlighedsløst hjem med mangel på tryghed og opmærksomhed. Og det må jeg give ham ret i, men måske blev han pakket for meget ind i vat og bomuld. Han var et relativt tavst og genert menneske. Den megen snak lå ikke til ham. Det kunne også være svært at få et ord indført i vores barndomshjem, især hvis man var en sky og tilbageholdende natur. Det kunne være svært at gøre sig fri og rent ud sagt etablere sig med sin egen personlighed. Det krævede styrke og kraft, hvad det jo ofte gør at blive voksen.

Vi så ikke meget til hinanden i voksenalderen. Der var seks år imellem os, og vi havde ikke noget til fælles udover vores ophav. Som lille var han bare et irriterende, sygeligt skvat, som fjernede fokus fra mig, hvilket jeg senere fandt helt udmærket, men i begyndelsen var han absolut i vejen. En ynkelig fugleunge der ikke engang kunne finde ud af at tage føde til sig, og meget handlede selvfølgelig om ham. Naturligt nok. Han var et skravl.

Husker alle de krumspring mine forældre gjorde for luske lidt føde i ham. Spiseskeer der sejlede gennem luften som flyvemaskiner, futtog og pipfugle som regel med mere eller mindre fantasifuld lydside.

"Ooooooooog! Nu kommer flyveren med dejlig mam."

Eller: "Seeeeeee! Nu traktoren kommer ooooogooggg… med et stort læs mad. Nuuuuuu! Lukker du den store port op. Ba-bu, ba-bu, så kommer politibilen."

En forestilling uden lige og det må tilføjes: Nogen ynder af fast føde blev han aldrig.

"Det dårlige selskab". Det har man hørt om siden barnsben. Læst om i bøger. Set på film og hørt om, som en alvorlig samtale mellem vokse. På film var det tyveknægte, voldsmænd og drukkenbolte. Ofte let genkendelige med et sortsmudsket og lumsk udseende udstødende en hæs latter og med et koldt blik i de farveløse øjne. Voldsparate fascister psykopatiske jakkesæt. Den slags typer man absolut skulle undgå kontakt til. De var fejlkonstruktioner der førte smitte med sig og bragte uskyldige drenge og piger i uføre. Desværre var dette moralske og menneskelige affald ikke altid helt så genkendeligt som forbryderne i tegneserier og gangsterfilm, og det blev ikke nemmere fra 1968 og fremover. Alt kom pludselig i spil. Påklædning, hårlængde, sprogbrug og attitude.

De unge mennesker var hverken forbrydere eller utroværdige lusepustere og kæltringer. De var bare moderne. En flok der gerne ville påberåbe sig stor selvstændighed i tanke og udtryk, men som i det store hele bare var en samling eftersnakkere og medløbere, der forsøgte at gøre sig fri af gamle tiders normer og stivsind. Dernæst må det indrømmes: - Det var sjove tider, men også tider fyldt med idioter og usympatiske, selvoptagne distanceblændere. Højtråbende narrehatte og bedre folks snotforkælede afkom, salonkommunister og karri- erehippier og forbandede asociale røvhuller.

Han kom ind i et slæng, hvor man ikke havde styr på ret meget. Enkelte var ødelagte børn, der nu, som såkaldt voksne, sejlede rundt i livets suppe på må og få. Egentlig det der kaldes tabere, hvad de vel også var ud fra de ensporede opfattelser det moderne samfund udlægger som værende efter- stræbelsesværdigt for menneskehedens lykke. Som regel noget med penge og magt. Slænget havde ikke det, der skulle til for at holde sig på det spor. De var en flok ramponerede individer, der ikke eg- nede sig til livet. De skulle hive sig selv op ved håret, og det er der ikke mange der evner.

Han tog en udmærket håndværkeruddannelse, men gad ikke arbejde i faget. Fik job i postvæsenet dengang hvor der var masser af plads til frihed og kolde bajere. Flyttede sammen med en ung pige. Blev gift. Fyrede fede og drak bajere. Købte et hus. Fik et barn. Blev skilt. Mistede huset. Mistede ko- nen og mistede jobbet og stort set også barnet. Mistede kørekortet. Fyrede fede og drak bajere. Mi- stede alt. Fyrede fede. Drak bajere og mistede resten.

Det var selvsagt ikke populært i familien. Vores familie havde aldrig stukket næserne frem som væ- rende noget særligt, men vi havde ubetinget en klar og stolt indstilling til det at klare sig selv. Det var vigtigt at klare sig selv. Gå på arbejde, betale sine regninger og holde sig nogenlunde ren og velsoigneret. Sidde pænt ved spisebordet. Sige tak for mad og gaver. – Og lade være med at skeje ud. Vi var arbejderklasse med et meget stort socialdemokratisk A.

Skeje ud! Fy for pokker. Det var ikke godt. Det var virkeligt fælt. Og min bror skejede ud.

Det gjorde jeg sådan set også, men min bror skejede altså virkelig mest ud. Helt ud i hampen kan man roligt sige, og han kom aldrig tilbage igen i levende live. Det var den ultimative udskejning. Udskejningens kongevej lige lukt ned i det gloende helvede.

Måske handlede det om frigørelse. Den slags frigørelse som de fleste mennesker gennemlever. Overgangen fra uselvstændigt barn til voksent menneske hvor man bliver en slags selvstændig person med egne meninger og ansvar for sig selv og sine gerninger.

Selvfølgelig blev det påtalt, da alvoren omsider forplantede sig til familien. Men det var næsten som at tale til en væg. Han talte os efter munden. Han nedgjorde sig selv. Han svarede ja til alt, hvad der blev sagt, og der skete ikke en skid.

Nu ville han også tage sig sammen. Nu ville han se sin datter og få sit kørekort tilbage. Gå på antabus og rydde op sit liv, men det holdt aldrig. Han plumpede ned i sumpen igen og igen og fortsatte med at destruere sig selv. Ingenting holdt.

Situationen var klassisk. Efter årtier i en marginaliseret gruppe af misbrugere og "tabere", så vender man ikke lige pludselig tilbage til et andet liv. Et fællesskab hvor misbrug er det mest udprægede samlingspunkt som klister på stolen. Selvfølgelig er man en art venner i den slags grupper, men sandheden om disse venskaber er kort og godt: Stol aldrig på en misbruger. Det er stoffet der bestemmer. Narkoen og sprutten vinder altid.

Et gammelt ordsprog lyder: "Fra børn og fulde folk skal man hører sandheden". Det er som så meget andet folkelig ammestuesnak, en gang gedigent pladder og vrøvl, i hvert fald hvad angår de fulde folk. Børnene kan afgjort buse ud med glasklare, pinlige sandheder. – Fulde folk derimod, de er ikke til at holde ud at høre på. Hjernedøde, savlende idioter der gentager sig selv i en uendelighed. Bliver sentimentale eller aggressive. Snøvler og snotter, råber, griner og græder. Ævler og kævler, slås og falder i søvn midt i det hele. Pisser og skider i bukserne og brækker sig ud over alverden.

Egentlig burde det være som en genfødsel at slippe ud af et sådant miljø. En befrielse! Men det ender ofte med at blive til en pine. Pludselig står den forhenværende misbruger i et tomrum. Der sidder han med sin sure alkoholfri pilsner i gruppen af drukmåse og ser pludselig verden gennem ædru briller. Og fy for helvede hvor er det grimt at se på. De såkaldte venner er grimme. Verden er grim og ens spejlbillede er også uhyggeligt grimt, slidt, usundt og modbydeligt.

Det eneste han har er erindringen om drukfællesskabet. Og der står ingen parat til at tilbyde et andet indhold i et liv der i årevis har bygget på misbrug og social deroute og ansvarsløshed. Og alligevel. Det gør der måske, men det er ikke til at overskue. Det er som at begynde forfra med alt. Det er som to helt forskellige verdner, og de kan ikke eksistere side om side. Og der bliver stillet krav om en vis orden og troværdighed, og pludselig er man virkelig helt ude i elendigheden, hvor man skal stille op imod såkaldt normale mennesker. I drukfællesskabet havde han en slags position. Han var den med uddannelse, han havde nogenlunde styr på økonomien. Han kunne låne folk penge. Give råd og vejledning. Vidste en masse om motorer og elektricitet. I drukfællesskabet var han noget. Alle andre steder var han ingenting eller i bedste fald bare en almindelig mand med arbejde, kone, børn, hund og carport. Men det, der kunne være almindelige, sunde aktiviteter, havde aldrig kraft nok til at vinde over misbruget og fællesskabet i gruppen af ligesindede.

Så døde han, og jeg stod tilbage med min dårlige samvittighed og billige bagklogskab. Den kyniske bror der burde være kommet til undsætning, men som altid havde så helvedes travlt med sin egen latterlige verden.

Der var også det med friheden. Den højt besungne frihed, der i hans optik var livets salt. Vor herre bevares. Friheden til at gå i hundene! Det er jo nogenlunde hvad vi almindelige fattigrøve og lusepustere har at gøre godt med. Når tidens selvsmagende, vellønnede overklasse snakker så meget om frihed, så er det som regel deres egen frihed til at pisse på andre, rage til sig og fremstå som Guds udvalgte på jorden, det handler om.

Jeg gik forbi. Vi havde det samme blod i årerne og ellers intet andet til fælles. Jeg tror ikke på, at familiebånd automatisk medfører, at man "elsker" sin bror, søster, forældre osv. De flest kender vel til dysfunktionelle familier, hvor det er fuldstændig oplagt, at der ikke er grund til kærlighed. Sådan var det ikke her. Vores familie var ikke dysfunktionel. Vi blev ikke udsat for tæsk og psykisk vold. Vi var sgu elskede begge to. Det mest præcise jeg kan komme i tanke om, når det gælder mig selv, er ordet ligegyldighed. Jeg levede mit eget liv. Han levede sit, og vi kiggede hver især i forskellige retninger, fordi vi var meget forskellige. Jeg ønskede ham ikke noget dårligt liv, men jeg interesserede mig ikke for ham i det omfang, jeg kunne. Jeg så ham aldrig som et interessant menneske. En holdning der er fuldendt rædselsfuld.

Det hele stiller nogle relevante spørgsmål: Hvem er skyld i hvad? Hvornår kan og skal man gribe ind, når man ser et menneske i nød? Kunne jeg have gjort noget mere? Hvordan forholder man sig til et menneske, der ikke ønsker at blive hjulpet? Et menneske der dagen før sin død falder om på svalegangen i det boligkompleks han bor i. Og der tilkaldes en ambulance, og da den ankommer, er han kommet til bevidsthed igen og han nægter med eder og forbandelser at lade sig indlægge. Og dagen efter falder han om igen, og kommer ikke mere til bevidsthed.

Det er en forbandet historie og elendigheden vil fløjte sit skingre, røde signal hver gang jeg tænker på det der skete, og jeg ved, at det med jævne mellemrum vil dukke op i min bevidsthed resten af mit liv, sammen med alle de andre store og små fejl jeg har gjort. Men jeg ved ikke helt, om jeg har gjort dem i den her forbindelse. -Fejlene altså.

Kysepigen. Linocut

KYSEPIGEN SARA

Kysepigen Sara gør sig klar
Synger natten ind med sin nylonguitar
Der hvor mørket går i sort
bag en grædefærdig sky
synger kysepigen Sara lys på ny

Afgudsregn i neonhvid og blå
lyser lyserøde drømme over grå
Lyser trætte hverdagssjæle
med et dobbeltvæget sus
som et næsten ægte, flygtigt lille knus

Under byens broer brænder bål
Under stakkelhad og helt kontante mål
Der kan fanden få de sidste
for en flaske kirsebærvin
mens uvidenheden vasker verden ren

Kysepigen Sara har sin gud
Uanstændig ren i blikket ser han ud
Og hun synger søde sange
om sin store kærlighed
der kan bringe selv en djævel sjælefred

Sara tror på Gud. Hun efterlever også Guds bud i sit liv. Det er en betydningsfuld iagttagelse i en verden hvor mange siger, at de tror på en Gud, men ikke efterlever hans bud. Det er de skinhellige. Ofte vil det være sådan, at jo mere de gør sig til med deres hellighed, jo mere rådne er de i det indvendige. Man genkender de fedtsmurte stemmer fra tidens hellige radioudsendelser, hvor udvalgte personer fortæller om hvordan de mødte Jesus Kristus på en markvej i Nordjylland. Eller hvordan lyset kom til dem, da de undgik druknedøden på en badestrand på Bali, hvor den alt vidende Gud fader i himlen netop havde udvalgt deres helt private, vidunderlige person til at overleve, frem for en femårig dreng og hans forældre, der åbenbart var betydeligt lavere rangerende på listen over betydningsfulde sjæle i Herrens store regnskabsbog. Man fristes til at sige: Vor Herre bevares.

Her er vi så tilbage i landsbyen i en ikke så fjern fortid. Jeg har set dette sted dukke op overalt i landet. Der er ikke nogen tilknytning til noget bestemt. Der er ikke andet end de lukkede øjne og fortielsen og kysepigen Sara, der synger natten ind med sin nylonguitar på en baggrund af løgn og fortielser. Og her foran indgangsdøren til den lille hvidkalkede landsbykirke begynder fortællingen.

Vi lader kirkeklokken ringe gudstjenesten ud fra den hvidkalkede kirkes savtakkede tårn. Det var ikke juleaften, så forestillingen havde ikke nydt den store bevågenhed. Fire kirkegængere trykkede præstens hånd og hilste farvel i døren til våbenhuset. Herefter forsvandt menigheden over kirkegårdens knitrende perlegrus langs de knæhøje, veltrimmede buxbomhække, der indhegnede gravstedernes fredfyldte jordlodder.

Han stod ti meter fra kirkedøren. En miserabel figur. Mager, slidt og usoigneret, men relativ ung i modsætning til præsten der udstrålede en stor tilfredshed i sit rødmossede, glatragede ansigt.

Den unge mand lignede et socialt tilfælde med sit flossede udseende. Han var ikke en af de ti kirkegængere, der havde været til dagens højmesse. Tilsyneladende havde han ventet udenfor døren på gudstjenestens afslutning. Han fik øjenkontakt med præsten, der tydeligvis søgte i sin hukommelse efter et navn.

Han smilede genkendende.

"Jamen, det er jo Jørgen," sagde han.

Den unge mand nikkede.

"Ja, goddag."

Præsten løftede sit blik, som om han søgte svar fra det himmelske. Det var nu ikke noget kompliceret teologisk spørgsmål, han havde i tankerne.

"Jeg konfirmerede dig," sagde han. "Er det ti eller tolv år siden? Nej, nu husker jeg. Ja, nu husker jeg. Det var året med den store storm"

"Det skal nok passe."

"Den store storm. Jeg husker tydeligt hvordan vinden brølede igennem natten, som om den kendte verden med et skulle rives op med rode og genopstå i en ny og renere form."

Præsten nikkede med et fjernt blik.

"Hvad får du tiden til at gå med," spurgte han fraværende.

"Tiden går af sig selv."

"Det har du ret i. Sådan er det. Tiden går af sig selv."

"Jeg vil have sløjfet gravstedet. Det er derfor jeg er her."

"Og hvad fylder du så i den tid, der går af sig selv ud med?"

En krage i et højt træ i udkanten af kirkegården sendte sin ucharmerende kragelyd ned fra himlen.

"Hm, jeg fylder ikke ud med noget. Det er mere omvendt. Min tid bliver konstant fyldt ud. Jeg har den der evindelige støj i mit hoved. Den unge mand, der blev kaldt Jørgen, tog en dyb indånding og sagde i et vredt tonefald – "Nu vil jeg have sløjfet gravstedet."

"Ak, ja," sukkede præsten. "Arbejde, arbejde og arbejde. Jeg er for gammel til at forstå alt det der med arbejde, arbejde og arbejde. Tiden er urolig, men tiden har altid været urolig, dog aldrig på den her hæmningsløse måde, som en spiral af utålmodighed, som om mennesker tror de kommer for sent til livet. Det er underlige tider."

"Hm, det ved jeg ikke noget om," sagde den unge mand lavmælt. "Jeg kender ingen andre tider."

"Nå, så du vil sløjfe gravstedet."

"Ja, det skal væk."

"Det må du tale med kirkekontoret om."

"Jeg har heller ikke råd."

"Kan du høre musikken? Det er mit barnebarn der spiller på orglet."

"Der er støj i mit hoved. Jeg hører kun støjen. Når jeg sløjfer gravstedet, vil støjen måske gå væk. Så kan det være, det er slut."

"Jeg hørte, at du var syg, Jørgen."

"Åh, ja. Det var galt med hovedet. Knald i låget hedder det i almindeligt sprog."

"Du var indlagt?"

"Ja, på den lukkede. Spændt fast til sengen og fyldt med medicin."

"Det lyder ubehageligt."

"Tja, det var det vel. Jeg ville bare dø, men det kunne jeg heller ikke finde ud af. Jeg blev altid opdaget og reddet i tide, som man siger."

"Nå, du ville nok inderst inde ikke dø alligevel, men opdages og hjælpes. Den psykologi er meget almindelig hos mennesker, der ønsker at tage sig af dage."

"Ved du hvad præst? Der er ikke mange, der hjælper andre mennesker. Det er ikke moderne, medmindre du kan prale af din hjælpsomhed på internettet og i pressen. I vores perfekte verden er enhver form for svaghed noget selvforskyldt. Folk som mig skærer man bare ned fra loftbjælken og hælder gips i blodårer og nervetråde, så det hele kan stivne i den form, der passer til omgivelserne. Og så skynder man sig ellers væk, før elendigheden begynder at vågne og sige underlige ting. Det er kun på afstand folk er hjælpsomme med en pengeseddel, der automatisk trækkes gennem banken. Det der står lige udenfor døren, det vil man ikke se."

"Det, kaldes vist kynisme, det du der beskriver. Det er ikke nogen god egenskab for et menneske. På samme måde som had, så brænder det sjælen op med kold ild i hjertet, og kulden er en farlig fjende."

"Du taler som en præst."
"Jeg er jo præst, Jørgen. Det er ganske vist."

"Det værste var ikke spændetrøjen. En spændetrøje er hæslig, men man ved i det mindste, hvad det er. Og hvad skulle de gøre. Jeg var parat til at slå ihjel og smadre alt omkring mig. – Det værste er i virkeligheden den usynlige spændetrøje. Alt den løgnagtige og forlorne menneskelighed, der binder et svagt menneske til det her ligegyldige liv.

"Man skal ikke hade livet, Jørgen. Livet er en gave."

Præsten rykkede sig lidt baglæns fra det talende mennesker, der gradvist og insisterende havde lukket op for en hvirvlende talestrøm. Muligvis vanvittig men alligevel disciplineret og logisk i forhold til samtalens overordnede indhold.

"Livet er en gave. Det siger du, præst. Som et dumt dyr i en cirkusmanege springer man rundt for ingenting. Nytteløs, fladpandet og ligegyldig. Og man ved det godt. Man har vist det hele livet. Og alle andre ved det og peger fingre på gaden og tænker med skadefryd. Se! Der går en fiasko. En taber, et hul i jorden. Gid han ville forsvinde ud af verden."

"Man skal ikke hade sig selv."

"Næ, det siger du, fordi man skal elske sig selv som sin værste fjende."

"Det var en pudsig omskrivning. Den vil jeg huske.

"Ja, ja, jeg ved godt, det lyder idiotisk. Men jeg er jo idiot, og jeg har papir på det."

"Ingenlunde idiotisk, Jørgen. Vi stræber alle efter at realisere vores inderste personlighed. Problemet er blot, at vi sjældent kender personligheden personligt, om jeg så må sige."

Præsten smilede med et svagt glimt i øjnene. Han var tilfreds med sin egen formulering, men nu måtte det vel egentlig være nok med det her snakken. Han overvejede forskellige afslutningsmanøvrer.

"Når drøm og virkelighed tørner sammen," fortsatte han lidt drømmende. "Og vi drives ud i det umulige, da falder alt til jorden som støv og kun den blodige kamp i et ingenmandsland står tilbage."

Den unge mand talte stakåndet og uvant. "Der står skrevet, at man skal forvalte sine talenter," sagde han.

"Ja, du skal bruge de evner, du er blevet betroet, og ikke synke ned i gråd, selvopgivelse og mørkemandstanker. Men det gør du så alligevel, kan jeg forstå. Synker ned. Og måske er du i virkeligheden glad for at synke ned. Det er jo den letteste løsning."

"Fortæl mig om mine evner præst. Det jeg selv tror, det tror ingen andre, og det andre tror vil jeg ikke tro på. Det handler alt sammen om: - Du skal ikke tro, at du er noget, udover det vi tildeler dig. Smulerne fra bordet. Pladsen i mørket."

"Det lyder indviklet Jørgen. Er det dog ikke godt nok at være til på jorden? Bare leve og udfylde sin plads og være et medmenneske for andre. Vi kan ikke alle blive til strålende stjerner på himlen."

Den unge mand stirrede tavst ned i perlegruset. "Jeg har aldrig talt om at blive en strålende stjerne på himlen," sagde han opgivende. "Du forstår ikke hvad jeg siger."

"Præsten rømmede sig.
"Dine forældre var da gode mennesker, Jørgen."

"Ja, det siger man vist, så det er da underligt, at alle vi tre børn er faldet fuldstændig ved siden af og endt ude i elendigheden. Har du tænkt på det?"

"Det er nok ikke så slemt, Jørgen."
Inde fra kirken lød igen orgeltoner, hvor præsten barnebarn var gået i gang med en ny udgave af en kendt efterårssalme.

"Du ved ikke hvad der er slemt."
"Nej, det kan være. Man kender jo ikke til alle sider af verden og menneskelivet. Det er sandt, men husk nu at du var jo syg, Jørgen. – Og hvordan går det for resten med din søster?"

"Vil du vide, hvad der er slemt? Skal jeg fortælle dig, hvad der er slemt?"

"Det ved jeg sørme ikke, Jørgen. Den slags er vist forskelligt fra menneske til menneske, men hvis det kan hjælpe dig. Hvad det så end er, du trækker rundt med af problemer. Gud kan jo tilgive alt."

"Du snakker som en præst."

"Jamen, jeg er jo præst."

Den unge mand tog en dyb indånding og hans stemme lød endnu mere dyster og indædt.

"Der skal ikke levnes sten på sten."

"Hvad mener du dog med det?" Spurgte præsten. Selvfølgelig kunne han genkende ordene fra bibelen som Jesus havde sagt til disciplene ikke mindst hos Mattæus kapitel 24, der blev afsluttet med de beske ord om at dele kår med hyklerne. Der vil fælde tårer og skære tænder. Men hvorfra og hvorfor havde Jørgen opsnappet disse ord, der jo sin hårde formulering trods alt handlede om det glædelige budskab for de rettroende. Imod de falske profeter og løgnerne.

"Det er arven præst. Jeg bliver nødt til at rydde op i det hele. Det må standses. Det må høre op."

"Jeg forstår ikke hvad du mener, Jørgen. Dine forældre døde for fem år siden. Der kan da vist ikke være mere at rydde op efter dem. Huset er solgt og arven er vel fordelt?

Tavshed.

"Den arv der bor inden i mig. Det er den jeg taler om. Det er der, der må ryddes op."

Tavshed og ufokuserede øjne. Et menneske der åndeligt talt befinder sig i en anden verden. En guds verden eller en meget menneskelig verden, der skal inddæmmes og skæres til. Og denne sortklædte præst, der taler ud i luften om oprydning.

"Ja, det er da altid et godt princip, min dreng, at få ryddet op. Jeg tænker det også selv. Nu må du også se at få ryddet op på loftet, tænker jeg. Der ligger papirer helt tilbage fra min studietid… Det gør der.

"I vidste alle hvad der skete, men hele byen lukkede øjnene. Naboer, skolelærere, og dig selv præst. Du lukkede også øjnene."

Tavshed.

"Min søster forsvandt på oslofærgen."

"Nå. Hvordan det?"

"Man fandt aldrig liget. Hun sprang overbord et sted i Oslofjorden."

Inde fra kirken satte orglet i gang med en ny melodi. Præstens barnebarn var ikke helt sikker i sin udførelse af det valgte musikstykke. Melodien gik i stå flere gange, som en lirekasse der havde fået en skavank.

"Jamen, hvad med Sara. I var jo tre.

Præsten begyndte at mærke kulden igennem den sorte præstekjole, der ellers var vævet af gedigent uldstof. Den unge mand svarede ikke, men fortsatte sin fortælling.

"Hun ville renses. Hun følte sig altid beskidt, så det iskolde, sorte vand i Oslofjorden skulle vel vaske alverdens svineri bort for evigt. Tvætte hendes krop og sjæl".

"Tvætte", tænke præsten med løftet blik. Hvorfra kommer dog dette halvglemte ord pludselig ud af munden hos dette enfoldigt menneske.

"Jamen, hvad med Sara? I var jo tre," gentog han. Der kom en underlig triumferende klang i den yngre mands stemme.

"Sara! Hun vækker folk til live på gaderne i Berlin. Hun er en guds engel. Hun rejste ud og fyldte sit liv med kærlighed. Hun er den ægte vare. Næsten selvlysende af kærlighed er hun. Sådan betaler hun for jeres tavshed. Hun synger verden ren blandt ludere og lommetyve og fortabte sjæle."

Kirkeorglet gik igen i stå et udefinerligt sted mellem dur og mol.

"Jeg må videre," sagde præsten. ""Hils omkring dig Jørgen. Og må Gud være med dig. Jeg må videre. Hyggeligt at møde dig."

Som en sort engel forsvandt han hen over kirkegårdens perlegrus. Den sorte klædning løftede sig for vinden samtidig med at en sværm kragefugle lettede fra præstegårdshavens gamle elmetræer med de sædvanlige skrattende lyde.

HJERTERNES SØ

Goddag min lille engel
Håber alt er vel
Fint vejr min engel
Hvad siger du selv?
Du har de ord jeg savner
Inde bag din hud
Du ved hvor galskab havner
Når blomsten springer ud
    Bag hospitalets mure er livet lige vidt
    Der tikker alle urene med lige lange skridt

Vi fødes i en dråbe
Der længes indefra
Vi ender med at håbe
Beskedent dag for dag
Vi files til som brikker
Formindskes til et tegn
Der næsten ligner prikker
På skærmens farveregn
    Du spørg om livets mening. Vi er fordi vi er
    Og resten er bevægelse, der er fordi det er

Farvel min lille engel
Vi ses igen
Min tavshed engel
Du fylder den
Jeg lover dig at leve
Jeg vil, fordi jeg vil
Tilsammen skal vi blive
Langt mere end bare til
   Betydningsfulde er vi. Skønt ingen ved hvorfor
   Så lad os bare være det. Skønt ingen ved hvorfor

De små blomster ligger
Og sover som frø
I stenkroppens sprækker
Ved hjerternes sø

Vi var så unge, at det er utroligt, at det overhoved har fundet sted. Jeg mener, at man kunne være så frygtløs, ung og naiv, og forvente at livet havde uendelige mængder af tid afmålt til os i rigelige mængder, så vi selvfølgelig bare kunne nå det hele. Nu her en menneskealder senere ved vi lidt mere. Nu er vi på vej ud i mørket, og vi ved, at man når altså det liv, man når. Lidt eller meget. Det evindelige spørgsmål er nu, hvor stor indflydelse man har på det liv, man så ender med at gennemleve.

I det her tilfælde var der igen tale om en uforståelighed. En ung intelligent pige på 18 år knækker sammen psykisk. Vi fatter ikke hvorfor. Vi kan ikke se ind i det virvar af mørke og forviklinger, der må skjule en eller anden slags fornuftig forklaring. Vi tænker ikke, at der måske slet ikke er en forklaring, at det bare kommer ud af natten som en lydløs fugl og varsler opløsning, angst og forstening.

I virkeligheden er vi alle på hver vores måde skrubforvirrede sådan som unge mennesker altid har været. Overgangens livskrise river i os. Den forbandede ungdom. Et eventyr fyldt med prøvelser, frygt og bæven.

Dengang kunne jeg ikke se meningen med det hele, og nu 50 år senere har det ikke ændret sig, bortset fra at jeg nok har forsonet mig med den kendsgerning, at der ingen mening er.

Enkelte gange i livet tænker man, at nu er der forbindelse til en form for klarsyn. Det har jeg hørt og læst om. Især fra mennesker der står overfor livets store spørgsmål i situationer som ekstremt sårbare og nøgne individer. Mennesker der er forsvarsløse og vidtåbne. En slags modtagere af former for sandhed og forståelse. Noget som vi andre mere hårdhudede typer ikke kan opfange, vi har forstået at pansre os i tide.

Eller: Man lægger sig i skyggen af Elverhøj og indfanges af den døsighed, der findes der, og som medfører flere års fangenskab i en usikker verden under jorden, hvor fremmede magter forvandler livet til en ødemark. Et spil for kræfter man ikke selv er herre over. En gift der ligger i underbevidstheden og pludselig dukker frem i lys lue provokeret af en tilstand, hvor fremtiden synes uoverstigeligt.

Det så jeg engang for længe siden. Og jeg tænkte. Hvad er det dog, der sker? Et menneskeliv falder ud af tiden. Slynges ud i mørket af en ustyrlig centrifugalkraft og man rækker ud efter fremstrakte hænder for at hjælpe, men det er en af de der hæslige drømme, hvor man hele tiden kommer for sent. Og man vågner forvirret og konfus stadig med dele af bevidstheden i drømmens verden og smertelig bevidst om, at man er magtesløs.

Så levende står det for mig, at jeg begynder at tvivle på, om det måske slet ikke er en drøm, men den rene virkelighed, der skjuler sig bag søvnens luftige gevandter. En slags beskyttelse af ens iboende sammenhængskraft og nøgternhed.

Hun græd hjerteskærende på en sær indeklemt måde som om selve det at græde var en utilladelig og anmassende opførsel, der tilhørte andre og mere betydningsfulde individer. De der havde ret til en plads i solen.

Jeg ville lægge mine arme omkring hendes spinkle krop og hviske kærlige og gode ord i hendes øre. Jeg ville berolige med min nærhed. Skrælle panseret af mit legeme og være et menneske, der udsendte helende partikler af lys, sjælero og kærlighed, som om der i mit og andre menneskers indre var en guddommelig kraft, der kunne lukkes op for. Noget der lå gemt fra den tidligste tid.

Så indbildsk. Så indbildsk.

Vi var ikke kærester. Jeg var en følelsesmæssig analfabet, der helst holdt afstand til andre. Eller måske nærmere en selvoptaget skiderik, der var mest optaget af mit eget underlige spil og fantasteri.

Men alligevel. Sådan var det vel ikke helt?

Jeg tænker, at jeg kunne have gjort noget, men jeg ved ikke hvad. Jeg tænker: Et menneske, der er så hudløs, må have kontakt til noget dybere og større i tilværelsen.

Ideen om den visionære "galskab". En forlæst tanke om at der findes særlige, sårbare mennesker udstyret med specielle evner til at opfange signaler fra den store tidsånd. Mennesker der kan opspore de mindste spor af knust skønhed og finde frem til de mikroskopiske frø, der skal plantes i utopiens have og skabe kærlighed, fred og forståelse.

Måske var vi åndsfæller? Men jeg var den hårdhudede type. En proletarunge der allerede tidligt havde lært at slå fra sig, men ret hurtigt var gået over til de verbale våbentyper, fordi det nu engang var det mest fornuftige, og fordi jeg opdagede et rimeligt talent i den retoriske retning.

Hun var usikker og intelligent med en dominerende mor, der vist selv havde haft svært ved at håndtere livet i ungdommen. Men jeg aner faktisk intet om det. Gætværk og lemfældig omgang med sandheden.

Den der tager smerten på sig skal risikere at brænde op. Og vi andre vil sidde tilbage med en fortabthed, fordi vi må erkende, at så tæt på livet skal vi aldrig komme.

Vi er, fordi vi er og resten er bevægelse... Dialektik for nødstedte hjerter. Bevægelse gennem tid fra sted til sted. Fra situation til situation. Fra menneske til menneske. Fra fødsel til død via disse turbulenser der kaldes for livet.

Hun klarede det, og vi andre klarede det også. Måske bilder vi os endda ind, at vi har gjort noget betydningsfuldt.

Frø til eftertiden lagt i sprækker for en skønne dag at spire og gøre verden til et bedre og smukkere sted at være i. En yndig drøm, der på ingen måde blev realiseret, men vi klarede os. Endte i hver vores afkrog af verden, hvor ingen større bedrifter blev gjort.

MIDSOMMERVEJ

En midsommermorgen, en midsommerdag
der falder årets klokke i slag
Der kommer du og der kommer jeg
tilfældigvis den samme vej
>*En midsommervej, en midsommervej*
>*med udsigt til kortere dage*

En midsommermorgen, en midsommerdag
kan jeg erindre en stemme der sagde:
Vi holder sammen så længe det går
Vi tæller lys i stedet for år
>*En midsommervej, en midsommervej*
>*med udsigt til kortere dage*

En midsommermorgen, en midsommerdag
står solen højt over husets tag
Der kommer jeg og der kommer du
Vi holder trit med hinanden endnu
>*En midsommervej, en midsommervej*
>*med udsigt til kortere dage*

Måske var forholdet en misforståelse allerede fra begyndelsen. Men af en eller anden grund blev det ved med at fortsætte i årtier, selv om hun inderst inde ikke kunne lide ham. Eller rettere sagt, der var sider ved ham, hun ikke kunne lide, og en hel del hun ikke kunne forstå. Han var til tider meget indelukket og tvær og underlig.

Det var ikke noget kønt syn da filmen så knækkede og de blev skilt. Hyl og skrig og tendenser til voldelig adfærd, fordi hun følte magtesløsheden som en uoverstigelig katastrofe. Pludselig fra dag til dag stod hun tilbage med en masse ansvar for to børn, økonomi, arbejde og dagligdagens påtrængende realiteter.

Selv om hun inderst inde ikke kunne lide ham, så var fornedrelsen ved at blive forladt den altoverskyggende grund til at hadefuldheden overtog fornuften. Hun ønskede i virkeligheden, at han skulle dø, så kunne hun i det mindste føre sig frem som sørgende enke og få almindelig medlidenhed og omsorg med fugtige hundeøjne og "alle mænd er også nogle svin forståelse" fra de andre svigtede kvinder. Men han var ikke død, svinet. Han var sprællevende, og hun følte, at der blev tænkt mistænkelige tanker i omgivelserne, som stillede spørgsmål ved hendes egen andel i forholdets endegyldige opløsning. Hun ville ikke vide af det. Hun var blevet svigtet af et ondt og hjerteløst menneske, og selv var hun det ansvarsfri, efterladte offer. Uskyldig og ren som nyfalden sne.

Egentlig gjorde han det meste for hendes skyld. Sådan ville han gerne se det, når han fandt på en masse aktiviteter, planer, drømme og ideer, som skulle skabe fællesskab. De to var et makkerpar, der stod frem med en uopslidelig fasthed. I begyndelsen med en lim af kærlighed, som især han insisterede på skulle fungere. Hans tro på at kunne styre tilværelsen var ikke altid i kontakt med den praktiske verden.

I virkeligheden var hun skeptisk lige fra begyndelsen, og med god grund. Måske stillede hun spørgsmålet til sig selv: Var hun hans elskede? Eller var hun et menneske, der skulle formes? Et værk?

Hun fandt mange af hans påfund underlige. Hans attitude mærkværdig og hans holdninger og interesser virkede opblæste, verdensfjerne og direkte uforståelige. Der var ikke meget, der harmonerede med den gammeldags almueopdragelse hun havde fået, hvor kvinder hørte til i køkkenet og i øvrigt skulle hold deres kæft og stille sig i baggrunden.

Set udefra var hun en af den slags kvinder, der var evindelig utilfreds med sin mand. En kvinde hvor en altid lurende surhed lå som en dyne overalt. Hvorfor fanden de havde fundet sammen i sin tid. Det var vist en gåde for de fleste.

På vej væk så han sig selv stå tomhændet i det blege vinterlys. Ren som en nyslået skærve. Der var noget country og western over det hele. Noget med at springe ind i en bil og efterlade kaos bag sig på vej ud ad cementstien. En flugt fra en frosset verden. Filmen var løbet ud. Sommeren var forbi. Glasset var tømt. Og uansvarlighedens grimme fjæs var stuvet af vejen i en mørk afkrog af virkeligheden. Der var ikke flere lys at tælle i den del af livet. Det var en kulmination. Filmen var knækket.

Det underlige er: Hvorfor sker den slags? Tusindvis af mennesker har stillet sig det samme spørgsmål.

Det hedder efterrationalisering. Det hedder bortforklaring hvor de implicerede parter alle forsøger at sætte sig selv i et bedre lys end virkelighedens konkrete tildragelser kan stå inde for. En ting er i hvert fald en fuldstændig banal sandhed. – Livet er så forbandet kort og nogle mennesker tror, at der altid er noget bedre i vente, og at man vil forbande sig selv langt ud i mørket, hvis man i det mindste ikke griber efter andre muligheder.

Pludselig holdt de ikke trit med hinanden mere. Den smule sympati der var tilbage, blev forvandlet til rendyrket had og ondskab. En meningsløs udvikling, men den eneste farbare vej. Et rent snit.

Det er underligt at livet kan vælge den slags veje. Måske foregår der en slags ophobning af modsætninger. Noget psykisk materiale der ligesom luften i en ballon pludselig når eksplosionspunktet.

Jeg tænker på gode somre. Lykkelige dage. Jeg ser billeder fyldt med stor glæde, samvær, fællesskab og tankeløs kærlighed.

Jeg ser tilbage og føler en underlig kold erkendelse af ikke at slå til. Jeg stod famlende og ubeslutsom og valgte så omsider en vej. Og som der synges i en gammel bluestekst: "I aint going down this big road bye myself," så er det netop det der altid sker. Man går alene.

Det er den samme tilbagevendende, ensomme foragt over at være et selvoptaget og uansvarligt menneske, der kunne have handlet anderledes, men dog så forbandet realistisk fordi jeg kunne forudse, hvilken vej det måtte gå. Den ukuelige tro på at der findes noget i verden, der kan dæmpe uroen. Men der er ikke noget. Kun denne maniske trang til hele tiden at skulle skabe noget.

Hvad har alt dette med midsommeren at gøre? Hvorfor denne sammenblanding af årets gang, de lyse dage og noget der mest ligner besværgelser i et ægteskab.   Sandt er det, at dagene bliver kortere efter Sankt Hans. Sandt er det også, at efterhånden som mørket lukker sig over et samliv, der opløses dag for dag, så vil selv det mindste lys være et tegn på liv, der med krampagtighed gemmes i hverdagenes virak. Lyspunkterne, der får den udslidte maskine til at køre lidt.

Kortere dage. Træsnit

JEG KØRTE LONG-JOHN FOR KØBMAND ERIKSEN

En julehistorie fra 60-erne

Den fredag kom ingen klienter
med porter og wienerbrød
så store Eva hun venter
med lampen blussende rød
Hendes rigtige stodder var lavprisforbryder
og ungernes hænder var sorte som fødder
Man sagde at Eva var mandfolkekender
men hvad vidste jeg om det

　　　Lillebyen hviskede:
　　　Han er inde og ruske den igen
　　　Jeg kørte longjohn. Jeg kørte longjohn
　　　For købmand Eriksen

Et særpræget lys bag gardiner
En duft af nyskidte bleer
En købmandskommis der griner
Husk nu at få pengene der
En bundfrossen vinter med mælkeprodukter
Petroleumsdunke og syltede frugter
Der midt i entreen på en dynebunke
lå den store Eva og sov.

Hvad rører sig i en drengehjerne
Eller hvor det nu er det rør
Man søger nok sin ledestjerne
Drømmer sig svimmel og skør
Men Eva hun ligger med syndefaldslugten
Parfumeforstøvet i sengetøjsfugten
med silkekåbe og nedfaldsfrugten
lagt an i et blondeværk

Det hele stod som på gloende pæle
og kan ikke hviskes bort
Der tripper hun op på tårnhøje hæle
og lugter af billig port
Og alting falder da varerne falder
Og drømmen glider i ægte rødbeder
ind i en kvindefavn der gløder
med en underlig kølig ild

Der var ikke bare udsigt til hvid jul. Med så få dage til den 24. december var der simpelthen sikkerhed. Det kunne ikke slå fejl. Sneen lå jo allerede som et tykt tæppe overalt og frosten holdt sig i dagtimerne på lidt under 10 grader. Høj sol og vindstille. Et juleplatteland der fremviste sig både romantisk og smukt med de særlige blå skygger som solstråler og glitrende frostsne kan fremtrylle i et landskab.

Han kørte Long-John for købmand Eriksen. To gange om ugen masede han sig gennem landsbyen med ladcyklen belæsset med alverdens varer. Alle former for kolonial, men også petroleum og gasflasker og diverse værktøj, træsko, gummistøvler, fløjtekedler og husgeråd. Købmand Eriksen var en driftig købmand, der havde et veludviklet handelsgen indlejret dybt i blodet nedarvet efter sin far den gamle Købmand Eriksen, der var død for flere år siden.

Købmand Eriksen den yngre var sidst i 30-erne og ugift. Onde tunger påstod, at det var moderens skyld. Hun brød sig ikke om konkurrerende kvinder i huset. Og hvis det nu alligevel skulle være, så mente hun nok at hendes store dreng fortjente noget ganske særligt. Eventuelt en med penge i banken fra en god og solid familie af gårdmandslægt. Den gamle fru Eriksen var meget glad for sin store dreng, men levede afgjort i en verden, der var forsvundet for årtier siden. Andre mennesker var knap så begejstrede for Eriksen junior. De fandt ham noget sveden i betrækket. Især de yngre kvinder fra sommerhusområdet, som han klædte af med øjnene, når de kom ind i butikken iført korte sommerkjoler og sprængfarlige T-shirts.

Her op til jul var der ekstra travlt. Det var en god tid at være bybud med masser af drikkepenge og venlighed fra folk, der forsøgte at finde et passende julehumør frem i vintermørket. Men sneen gjorde det ikke nemmere at køre den tunge budcykel rundt i byen. Sneen var en forbandelse for et bybud, der over lange strækninger måtte trække det uhåndterlige køretøj gennem driverne og mange steder lurede en sammenkørt, fast snemasse under de nyfaldne vattotter. Glat og lumsk og parat til at sende både cykel, varer og chauffør udi uføre.

Han var 15 år og havde i stigende grad opdaget det dragende ved kvindekønnet. Han havde haft nogle kærester, der var jævnalderen, men de var blevet snuppet af ældre drenge, der kørte på knallert eller sågar havde kørekort og penge til cigaretter og drinks på badehotellet, når der var popballer.

Han overvejede at anlægge langhårsfrisure lige-som de engelske pigtrådsmusikere, men hans far og mor var helt utrolig villige til at betale for en klipning, hvis manken begyndte at gå udover ørerne. Købmand Eriksen var ligeledes vældig in-teresseret i at hans bybud så kæk og velsoigneret ud. Selv havde han fedtet tilbagestrøget hår med bølger i og lidt høje tindinger. Hvorfor de var så utrolig interesserede i hans hårlængde, er svært at svare på, men i almindelighed var landsbyens ind-fødte ikke begejstrede for hverken mennesker med aparte påklædning, udseende eller ideer, der signa-lerede noget ukendt og anderledes. Man skulle helst holde sig indenfor rammerne. De der så alli-gevel skejede ud, fik i første række sladderen at føle, dernæst mere åbenlys fordømmelse eller den totale tavshed med eventuel social nedfrysning til følge. Reaktionsmønstret var forskelligt, afhængigt af personens status og betydning.

Der var for eksempel en betydningsfuld hånd-værksmester i byen, der kneppede flere gifte koner uden at der blev rynket et bryn overfor hans lider-lige fremfærd. De involverede kvinder fik derimod pisk med sladderens blodige krabask og var dømte til evig fortabelse i folkemunde.

Og sladret blev der i stor stil. Ikke mindst i Køb-mand Eriksens bagbutik, så selv et yngre cykelbud

var velorienteret om landsbyens mere dunkle si-
der.

Under overfladen foregik der tilsyneladende lidt
af hvert.

Den store Eva var hovedrolleindehaver i den lokale
bordelvirksomhed. Alle vidste det, men ingen talte
åbenlyst om det, bortset fra i Købmand Eriksens
bagbutik, hvor købmanden selv kunne være med
på en ivrig lytter og et par spredte kommentarer,
mens den vindtørre kommis Thomsen passede bik-
sen.

Det unge cykelbud kunne også opsnappe lidt af
bagbutikkens slibrige karlekammersnak. Han
bragte sjældent varer til kvinden og havde i begyn-
delsen ikke vidst noget om hendes aktiviteter,
indtil han hørte snakken i bagbutikken.

"Ja, de kommer jo her og køber portvin og små-
kager," sagde købmand Eriksen med et lummert
grin.

"Portvin og småkager," sagde en chauffør fra
Gaskompagniet. "fy for fan. Det var dog en væm-
melig cocktail."

"Eva, hun kan godt lide sødt," lød det fra Erik-
sen.

Chaufføren grinede.

"Ja, det må du jo vide," sagde en husmand inde i baglokalets mørkeste krog.

"Hvorfor siger du nu det Carl Jørgensen?" lød det irriteret fra købmanden.

Det kom langsomt og tørt som gipspulver fra husmanden: "Får du ikke selv dyppet wienerpølsen i ny og næ, Eriksen?"

Eriksen himlede op.

"Nej, det ved Gud i himlen jeg ikke gør. Jeg går ikke til den slags madammer."

Husmanden inde fra mørket, brød tavsheden.

"Det burde du sgu da nok ellers gøre, Eriksen. Det er sundt for helbredet og humøret."

Eriksen rystede indædt på hovedet og gik ind i et kraftfuldt og spydigt modangreb.

"Men det gør du måske, Carl Jørgensen."

"A' hvad gør jeg?

"Ja, går til den slags, øh, damer."

Eriksens stemme var på vej op i det skingre leje. Chaufføren fra Gaskompagniet så ud til at more sig kostelig.

"Ak, nej," lød det sørgmodig fra Carl Jørgensen, der drævende måtte erkende. "De tider er for længst forbi."

Han slog malerisk ud med armene som en italiensk mafiaboss, der beklager en nødvendig aflivning af en konkurrent.

"Der er ikke tryk i slangen mere," konstaterede han med beklagelse.

"Ha, for satan" udbrød chaufføren, der var skallet som et pillet æg. "Selv om man er gået ud i toppen, så kan der godt være liv i roden," fremsagde han energisk og med tydelig henvisning til sig selv.

Sådan kunne man overvære mange interessante samtaler i købmand Eriksens baglokale, men ikke så meget ved juletid, der var en overmåde travl tid for handelsstandens aktive folk.

For et cykelbud er julen en herlig tid. Folk er så flinke og venlige. Der tilbydes klejner og konfekt og lommen med drikkepenge til den unge mand er langt mere åben og gavmild end på andre tider af året. Nissesindet ligger som en lysende dyne over landsbyen, næsten som det julelandskab en af byens andre handlende hvert år opbyggede i sit udstillingsvindue med vatsne, modelhuse og piberensernisser, der stod på isskøjter over et skinnende toiletspejl, alt sammen drysset med noget der mindede om kokosmel eller finthakkede sæbespåner. - Det var kræs for et barnesind, men naturligvis ikke interessant for en ung mand, der netop havde opdaget kønslivets ustyrlige kræfter i de nedre regioner.

Julens glade budskab havde og har en kortvarig, men velsignet indflydelse på selv de mest hårdhjertede tidselgemytter. Det vidste det unge cykelbud. Han havde i en tidlig alder tjent sine egne lommepenge ved diverse småjobs. Mælkedreng og avisbud og nu var det altså cyklende tornado hos købmand Eriksen.

Han kendte byen, og han kendte de folk, der boede i byen. Han havde oplevet lidt af hvert på sin færd, ikke mindst som regningsudbringer og opkræver for mælkeforhandler Jespersen.

Han fik på den måde, og i en tidlig alder, indblik i de forskellige families økonomiske situation. Der kunne være problemer af og til, hvilket nogle gange kunne gennemskues på forhånd, når antallet af sammenklipsede regninger antog tykkelse som en velvoksen søndagsavis. Og når man gik forgæves uge efter uge selv om der tydeligvis var beboere i huset.

"De gemmer sig under sofaen," sagde mælkemanden arrigt. Han var normalt venligheden selv, men han kunne blive ualmindelig ilter, når noget gik ham imod på urimelig vis. F.eks. folk der ikke betalte deres regninger og i særdeleshed folk der ellers førte sig frem som såkaldt "fine på den". Eller folk der ikke kunne holde deres forbandede hunde under forsvarligt opsyn, når mælkedrengen kom på besøg. Således fik et arrigt skab engang kærligheden at føle efter gentagne henstillinger. Mælkemandens søn var kommet farende ud af en have med et blodtørstigt krapyl i hælene. Hul i bukserne, bidt i låret og blod i striber.

Få minutter efter fik køteren den gode, gamle, gennemsigtige helliterflaske oven i sit frådende og galpende hundefjæs med øjeblikkelig tavshed til følge. Efterfølgende blev der en farlig ballade, da folk allerede dengang var mere interesserede i deres hundes velbefindende end i deres børns sundhed. Vi holdt i hvert fald op med at levere mejeriprodukter på adressen, hvilket må have været surt, eftersom købmændene ikke handlede med mælk. Få år senere holdt køledisken sit indtog også hos købmand Eriksen, og den gode gamle mælkemand med udbringning til døren måtte lukke forretningen.

Den store Eva var prostitueret. Alle vidste det eftersom lillebyen var fyldt med sladder på godt og ondt. Købmand Eriksen havde selv oplæst klinikannoncen fra Ekstrabladet i bagbutikken for en forsamling af tørstige mandspersoner. Han havde genkendt telefonnummeret, sagde han.

"Ja, jeg er jo god til tal," som han forklarede. "Jeg kendte nummeret fordi jeg leverer varer på regning til kællingen, og det kan være svært at kradse pengene hjem, så må man jo ringe og rykke."

"Manden sidder jo i spjældet." forsatte Eriksen. "Han er sådan en slags halvdårlig tyveknægt, der laver småkriminalitet og altid bliver opdaget."

"De små tyve sætter man fast, og de store sætter man fri," konstaterede en af de tørstige mænd.

"Ja, kommenterede Eriksen. "Tyveri er jo tyveri, men når man nu skal ind og ruske tremmer, så kan det lige så godt være på baggrund af et milliontyveri, og ikke et eller andet latterligt bræk for børnenes sparebøsse og en halv kasse øl."

En af de tørstige mænd tilbageholdt under stor anstrengelse et surt pilsneropstød.

"Sådan er det," sagde han med hakkende stemme. "Nogle røver dig med en revolver, andre med en fyldepen. Sagførere og den slags møghunde."

Sådan gik snakken i købmand Eriksens bagbutik, men tro nu ikke at Eriksen var et dovent apparat, der ikke selv deltog i forretningen praktiske arbejde. Sådan forholdt det sig ikke. Sådan kunne det slet ikke forholde sig, fordi forretningen var ikke ligefrem velsignet med en enorm omsætning. Den lille by havde to andre dagligvarebutikker, så der var konkurrence. Dels fra brugsen, dels fra den mere krambodsagtige butik, der udover almindelige kolonialvarer også solgte kosmetik, legetøj, bøger, ugeblade, garn, sytråd, isenkram, spegesild, grøntsager og meget andet. Eriksen havde til gengæld foderstoffer, koks, benzin, cement og petroleum, samt mølleri til fremstilling af svinefoder.

Cykelbuddet skulle transportere lidt af hvert. Det var nødvendigt med en stærk, ung mand, der havde kondi og muskelkraft i orden. Svæklinge kunne hverken håndtere cyklen eller varerne. Og hvad med den store Eva? Hvordan skulle hun håndteres?

Det tænkte han en del på. Forestillede sig hvordan hun gik rundt i huset iført sort neglige under en tynd bomuldskjole eller måske ingenting. Klar til at forføre et svedigt cykelbud. Eller måske omvendt?

Det var farlige tanker, der kunne føre til moralsk fordærv, men han kunne da trøste sig med, at ingen i hans nærmeste familie var tankelæsere.

Den Store Eva. Var hun tankelæser? Kunne hun se ind i hans liderlige drengekrop? Han var lidt bange for, at det kunne hun måske nok. Hendes trænede blik kunne aflæse hankønnets drømme og lyster bare ved at studere det opildnede blik. Hun var jo professionel. Hun kendte til sagerne.

Til gengæld var det jo latterligt, hvis en sådan professionel skulle fatte interesse for en ung knægt, som om hun ikke havde fået nok af mere eller mindre usympatiske mandspersoner med penge på lommen og deres uvaskede kønsorganer. Cykelbuddet vidste ikke helt, hvad han skulle mene. Han kunne sagtens fremmane et billede af den store Eva for sit indre blik. En yppig kvinde med lyst, afbleget hår og en kødfuld krop, der aftegnede sine tydelige kurver igennem tøjet. Fyldige bryster og kraftige lår. Den store Eva var en rigtig, fuldvoksen og moden kvinde med en dragende udstråling.

Hos en kammerat havde han studeret en stabel pornoblade som lå skjult under et løst gulvbræt. Det var kammeratens storebror der ejede samlingen. Han boede i et anneks for sig selv, hvor der stank af dovne ølsjatter, beskidt undertøj og fyldte askebægre. Hvorfor pornobladene lå gemt af vejen var egentlig lidt underlig. Familien var virkelig ikke bornerte på nogen måde. De to brødre gjorde nogenlunde som det passede dem, men måske var pornografi alligevel et tabuemne.

De pornografiske billeder var på en måde virkelig frastødende og dragende på en gang. Farverne var grimme og underlige. Sådan lidt i retning af kødreklamerne i lokalavisen, der benyttede sig af et dårligt trykkeri. - Ugens tilbud. -Svinekam og medister med et sygt, pinkfarvet, gråt udseende. Mændene var udstyret med enorme kønsorganer og kvinderne lå med åben mund og polypper og skulle ligne nogen der var opfyldt af stor nydelse.

Der skete ikke noget. Han bankede på døren, men der blev ikke lukket op. Papkassen med varer stod på trappestenen. Han tog i dørens håndtag og den åbnede sig på klem. Han bukkede sig og løftede papkassen op og skubbede til døren med sin sorte scooterstøvle.

Det var lige der, det skete. Bunden gik ud af kassen og en verden åbnede sig.

Landsbysladder. Træsnit

UDENFOR BILLEDET

Her er så et billede hvor tonen er blå
Du har din brandrøde regnfrakke på
Det underlige lys blev virkelighed
Det brænder uophørligt min verden ned

En friluftcirkus med dristige skridt
Luftakrobater og messingmusik
De gik på en helt usandsynlig snor
Som søgte de efter drømmenes spor
        Der kigger du så op i det uvisse rum
        Hvor ikke en eneste regndråbe kom

        Næsten med vinger, legende let
        Få minutters frihed og himmelspjæt
        Mødes i luften favn i favn
        Når ikke engang at hviske, -
        Hviske dit navn

Du fylder mit liv med en fraværssang
Som om vi skal mødes en anden gang
En spejling i skyer, et vanvidsspring
Et fald ned i dybder af ingenting
        Der kigger du så op i det uvisse rum ...

Den mærkværdige trang til at ytre sig kunstnerisk var vel i første omgang begrundet i et ønske om at finde sig selv. Og senere når så et eller andet så-kaldt "selv" var fundet frem fra tågernes kaj, så kom trangen til at vise dyret til alle andre, der gad lytte og se på dette umådelig interessante tilfælde. Og med en sådan fremvisningstrang kom kampen imod alle de andre, der havde den samme besyn-derlige lyst indlagt i deres små skævbenede personligheder, og som var parate til at gøre hvad som helst for at komme først op på ølkassen og frem i rampelyset, som om man er mest i live, når der er publikum på. Men ingen kan med sikkerhed afgøre, hvad det er, der fremvises. Sådan er spillet.

Vi har alle adskillige billeder af os selv og af hin-anden. Det interessante er hvilket af dem vi vælger, i de forskellige sociale situationer vi befinder os i. Det kan være den fedtede attitude, hvor man øn-sker at opnå sympati eller gevinst. Det kan være den aggressive, hvor man kæmper den udbredte markedsreligiøse kamp imod konkurrenter, sniglø-bere og mod-mennesker, samt et utal af variationer og nuancer, der hver især er et
psykologiske studie i sig selv. I det her tilfælde var det en form for kærlighed uden varme.

Ligesom i Leonard Cohens berømte sang havde du din brandrøde regnfrakke på den dag, om end regnfrakken i hans fantastiske sang beskrives som berømt og blå.

Det regnede til gengæld ikke, og der var ikke udsigt til regn. Regnfrakken havde du garanteret valgt, fordi du ville kunne ses i mængden. Eller den var en beskyttelse imod det grumsede lys som tidens åndelige formørkelser udsendte via usynlige partikler gennem luften også kaldt for radio og tv. Det var før internettets velsignelser.

Det var mig der skulle se dig i mængden. Jeg var den, du ville påkalde. Du ville ind i billedet, som om jeg kunne skaffe dig adgang til noget stort og fantastisk. Et lukket rum for de udvalgte, hvor gudernes lys engang havde sat sine knivskarpe projektører i en fastlåst indstilling. Men sandheden var, at der var ingenting i det billede, som var værd at efterstræbe og udenfor billedet evnede du ikke at fokusere. Der hvor det almindelige hverdagsliv flød forbi med al sin grå normalitet.

Uopnåelige drømme, oplevelser og mennesker er der nok af i verden. Jeg ved ikke hvordan rige mennesker, berømte kunstnere, kvindebedårere og magtfulde politikere har det med uopnåeligheden. Måske er grænsen konstant flytbar, så man blot vil have mere af det hele. Rigdom, berømmelse, kærlighed og magt, fordi tomheden hele tiden indfinder sig, og fordi der nok eksisterer noget, der er bedre, større og mere tilfredsstillende lidt længere ude ad vejen. Bag næste bakke. For enden af regnbuen. Konen i muddergrøften der til slut ville være Gud, og for sit overmod tabte alt og endte i møget, hvor hun kom fra.

Det er en risikabel affære at stræbe efter det ultimative i livet. En gang luftakrobatik uden sikkerhedsnet. En gennemprøvet og opstillet virkelighed indrammet som et levende maleri. Fast kameraindstilling og stærkt iscenesat til at undgå alt det, der måtte finde sted udenfor billedet.

Og udenfor billedet er det, der kaldes det almindelige. Her leves livet som tilskuer til andres storslåede tilværelse. Det modsatte af det almindelige, men alle er vi til enhver tid del i et billede. Et billede der støder op til andre billeder, som man pludselig kan betragte helt tæt på eller falde ind i som statist eller endda hovedrolleindehaver.

Selv følte jeg mig ofte som den evindelige Mister "nærved og næsten". Den der var snublende nær ved at få sine ønsker opfyldt, og så alligevel endte med en trøstepræmie eller ingenting.

Kørt af på et sidespor. De andre løb med pigen og pengene. Hvad jeg egentlig er gået glip af står mere og mere hen i det uvisse.

Det blev hvad det blev. Et hastigt syn. En stribe af billeder der kom forbi i glimt på en kunstig himmel. Dernæst mørke og altings afslutning.

Netop nu er livets rustne luftgynge ved at gå i stå, og drømmene fremstår mere og mere blege som luftige gespenster over et sumpet landskab, men de lever endnu, drømmene. De er der endnu, og vi mødes om ikke favn i favn, så i den luft vi indånder hos hinanden.

Det jeg frygter mest, er ikke altings afslutning. Det værste er at miste drømmene, og dog stadig være blandt de såkaldt levende. At miste drømmene er det værste.

MORTIS TOWN

Jeg skriver til dig Rigor
fra byen Mortis Town
En fluelort på kortet
men ikke noget navn
Seks tusind døde palmer
Tolv huse fyldt med sand
En kirke uden salmesang
Tre brønde tømt for sand

Men horehuset Rigor
er kalket hvidt som sne
Der dufter parfumeret
fra husets magre kræ
Mit job er på fabrikken
Destruction Muck & Brown
Den fylder hele sletten her
Lidt vest for Mortis Town

Mod syd der ender vejen
Fabrikkens pearly gate
En mole ud i havet
The bridge of trouble trade
Vi ordner affaldslaster
og whisky uden vand
Alverdens lort forsvinder her
med ild og ørkensand

Og netop derfor Rigor
Du kender min natur

Jeg er en rastløs stodder
der rejser uden ur
Når tiden den står stille
Så er det min besked:
Næste gang jeg skriver brev
Så er jeg andet sted

Måske en blå Bermudahavn
Andet sted og andet navn
Langt væk fra Mortis Town
Langt væk fra Mortis Town

Det blev moderne i de år at rejse ud. Altså forstået på den måde, at velstanden i Vesten havde gjort det muligt for brede befolkningsgrupper at betale. Ikke bare ferierejser og rygsæksture på lavprisbillet. Nej, den store verden kom nærmere og nærmere. Skønheden, elendigheden, fattigdommen, de fremmede kulturer, maden, kunsten, solen, spiritussen og naturen og en masse andet fint og mindre fint. Der var efterspørgsel på specialiseret arbejdskraft mange steder i verden, ikke mindst de steder hvor store internationale virksomheder sugede rigdomme ud af fattige udviklingslande. Råstoffer til vesten og affald den anden vej. Teknikere, bureaukrater, NGO-er og rene lykkeriddere, tyveknægte, samt og ikke mindst folk på flugt fra sig selv eller noget endnu værre.

Mortis Town. Et ukendt sted i verden. Knap nok egnet til opholdssted for mennesker. Støvet og varmt som i en forgård til helvede. En fluelort på kortet og ikke noget navn til at pirre uvedkommendes nysgerrighed. Et hul i jorden i bogstavelig forstand. Kun ganske få mennesker rejste til Mortis Town. For det første fordi de ikke kunne finde steder, og for det andet fordi, det er verdens røvhul.

På denne her tid af dagen er det umuligt at lave noget som helst. Varmen bølger som under en elektrisk grill, og man skal være meget fattig og lokal for at bevæge sig mere end nødvendigt under den bagende sol. Man søger skygge og kølighed bag husenes tykke mure af ler eller under markiser og brøstfældige halvtage. Blikplader, presenninger, palmeblade og udslåede papkasser. Gerne med en kølig forfriskning indenfor rækkevidde.

Han havde kontrakt på et halvt års arbejde, og der var en måned til periodens udløb. Det passede ham godt. Meget havde han set rundt i verden, og det her sted var virkelig noget lort på en ny måde. Selvfølge kunne han se det. Den bundløse elendighed overskyggede det meste, han havde oplevet. Men der var ingen grund til at hidse sig op. Ingen grund til at føle skyld og skam over verdens tilstand og menneskers grænseløse dumhed, griskhed og ondskabsfulde adfærd. Han kunne alligevel ikke gøre noget.

Mortis Town, et modbydeligt sted på jorden. Sådan var det. Ja, og sådan ville det vedblivende være, til stedet aflivede sig selv i de dynger af affald, der havde bragt det til live. En losseplads for giftige affaldsprodukter fra den rige verdens hidsige og ustyrlige produktionsapparat. Vækstens mørke bagside.

Rigor var naturligvis russer, og han hed selvfølgelig Igor, sådan som russere ofte gør. Ligesom ham komponisten, Stravinskij. Vittige hoveder syntes selvfølgelig det var vanvittig morsomt at kalde ham Rigor Mortis efter det lægelige udtryk kendt fra kriminalromaner og film. – Dødsstivhed, og dernæst efter det gudsforladte sted vi befandt os, Mortis Town. Men også fordi det hændte et par gange, at han faldt omkuld fuldstændig stiv af druk i en tilstand hvor alle hæmmende kropsfunktioner gik ud af drift, hvorefter han frit overøsede verden og egen beklædning med diverse afsondringer. Sked, pissede og brækkede sig til et punkt hinsides alt, hvor døden burde være indtruffet hos normale mennesker. Jeg har set det før hos russere og visse asiater samt et par folkesangere fra Vestjylland.

De har ikke noget godt ry ude i den store verden, russerne altså. Ubehøvlede skidtvigtige og ukultiverede efter princippet: "når skidt kommer til ære, så ved de ikke hvordan de skal være." Det er den slags hovedrige såkaldte business-mænd, der ved hjælp af luskede og skrupelløse metoder er blevet stinkende rige, men udover penge hverken ejer dannelse, pli eller empati med andre mindre velstillede personer. Typen kan muligvis genkendes hos andre nationaliteter og i udvalgte erhvervsgrupper indenfor handel, finans og boligspekulation.

Rigor var et plaget menneske, men hverken business-mand, rig, udannet eller empatiforladt. Rigor var uddannet ingeniør fra en polyteknisk læreanstalt et sted i det, der tidligere hed Sovjetunionen. Kommunismens virkeliggjorte paradis som nogen stadigt holdt fast i, indtil hele møgbunken faldt sammen og endte i et lemfældigt camoufleret diktatur med korruption væltende ud fra alle samfundets kropsåbninger.

Hvordan Rigor var endt i Afrika på det afrikanske Horn, fandt jeg aldrig ud af. Vi talte ikke så meget om fortiden, og sjældent om hvad der havde ført os ud til dette gudsforladte sted.

En ting var dog sikker og fælles for alle på stedet. Betalingen var urimelig god og der var stort set ingen love og regler, der kom i vejen. Og der var ingen der stillede spørgsmål, fordi alle havde en fortid, som ikke var værd at grave i. Princippet var fuldstændig glasklart: "Ikke et ord om mig betyder, ikke et ord om dig."

Når jeg kalder Rigor for et plaget menneske, så skyldes det hans blødhed overfor kvinder. Nogle vil sikkert kalde det god gammeldags liderlighed i den mere ekstreme ende. Og selvfølgelig! Udover alkohol, så var det ofte pikken der styrede Rigors liv. Men ind bag den den grovkornede overflade var der noget blødt og sentimentalt, især når det gjaldt kvinder. Og det var ikke udelukkende fulde-mandssentimentalitet.

Rigor forlod stedet i løbet af en nat. Lad os bare kalde det en flugt. Han var tvunget til at forsvinde i en helvedes fart.

Horehuset var et samlingssted. Ja, stort set det ene-ste samlingssted der fandtes i miles omkreds. Faktisk mindede hele scenariet om noget man kunne se i en grynet westernfilm fra gamle dage.

En toetagers træbygning beklædt med ler forne-den og utætte, soltørrede brædder foroven, samt et rustent bliktag. Der var udskænkning i stueetagen med bardisk og spilleborde. En trappe førte op til førstesalen, hvor damerne holdt til i små værelser, hvor diverse stakåndede ydelser fandt sted. Der var også en udvendig altan som lå i hele husets længde. Man kan se det for sig, og forventer at se en dirty outlaw kommer frem og springer udover gelænderet og ned på den parkerede krikke, der ville stå standby parat til flugt. Men der var sgu in-gen heste i miles omkreds kun udrangerede personbiler, stinkende scootere og et betragteligt antal støvede firehjulstrækkere af japansk oprin-delse.

Det havde været under optræk et stykke tid. Rigor var på kant med alfonserne. Han udtrykte højlydt sin vrede over måden de behandlede pigerne på. Rigor havde et blødt punkt for de afrikanske kvinder, og det havde vi andre vel også, men Rigor var parat til at forsvare sit bløde punkt. Om nødvendigt med rendyrket vold.

Det med volden var han også langt bedre udstyret til end os andre. Han var en stor, stærk mand, og han havde formentlig modtaget professionel træning i voldsudøvelse. Militærtræning vil jeg tro i en eller anden rusisk eliteenhed. Også det var en hemmelighed, indtil han i et anfald af sentimental drukkenskab fortalte om sin mor.

Hun hed Irina, hvad russiske mødre nu engang skal hedde, og hun fik tæsk. Mange tæsk. Igors far var et eller andet højtstående embedsmand i statsapparatet, og det var ham, der tævede. Ikke bare moderen, men også Rigor og hans fem søskende. Vi andre mere kedsommelige typer kan forundres over, hvad det er, der får mænd til at opføre sig sådan? Ikke at det er uforståeligt, at en mand kan komme i affekt og ty til vold. Kvinderne holder sig sgu heller ikke tilbage i den forbindelse. Jeg kender det show, men jeg kender også den gode følelse af at kunne styre sig og forlade konflikten mens porcelæn, flasker og sten kommer regnende ned over ens hovedet og det blanke knivstål glimter i hånden på et ustyrligt menneske, der farer frem i sine følelsers vold.

Man kan se sig selv i spejlet med en smule mere agtelse, fordi man evnede at styre sig på det punkt i det mindste.

Rigor lovede sig selv, at han ville lære kunsten at slå fra sig, og det ned til mindste modbydelige detalje.

"Jeg lovede mig selv," sagde han på et forbavsende godt engelsk og på trods af indtagelsen af store mængder alkohol. "Jeg vil altid kunne forvare mig."

Han løftede sit fedtede glas næsten som skulle han afslutte en handel eller cementere en aftale. En hemmelighed mellem mænd. Den efterfølgende bemærkning kom som en langsom, dyb brummen fra en russisk bjørn

"Jeg vil ikke se små mennesker blive smadret af store menneskers syge dumhed. Jeg hader vold."

Han stirrede frem for sig med blodskudte øjne. "Jo mere vold man godkender i verden omkring sig, jo mere vold vil man godkende inden i sig selv. – Jeg hader vold, men jeg er forbandet god til at udøve det, *when it`s necessary*."

Sentimental fuldemandssnak, men også skræmmende tale og dybt underligt at høre fra en mand der tilsyneladende var trænet i professionel voldsudøvelse. Sådan lidt Pippi Langstrømpe-lignende i retning af:

"Den person der er meget stærk. Skal også være meget god." En barnlig sandhed der sjældent har megen gang på jorden. Mennesker med magt er ofte voldsparate på den ene eller anden måde. Det kan være bag et skrivebord i et nydeligt kontor, hvor alting er pænt og velordnet. Ingen knuste læber og blod på de ægte tæpper, men de administrative ordrer er alle indsmurt i voldens usynlige dna. Det praktiske arbejde overlades til de autoritetstro og sadistiske kulier, der huserer i kældrenes stinkende krypter.

Rigor havde i et stykke tid haft et forhold til en ung, smuk, afrikansk kvinde. Naturligvis ikke noget fast. Ingenting var fast i Mortis Town. Alting flyttede sig. Sandet føg til alle sider, mennesker kom og gik, eller de blev forjaget, brugt op og kasseret og nye dukkede op ud af sandstormen. Bunker af affald fra den rige verden var pludselig forsvundet og nye forsyninger kom sejlende til i en lind strøm og de korrupte politikere og embedsmænd i den fjerntliggende hovedstad, de blev tykke og fede af bestikkelse og importeret usund livsstil.

Det er blevet mig fortalt, at Rigor kom for at besøge den unge kvinde, og at han fandt hende maltrakteret i et uhumsk baglokale til horehuset. Gennembanket til ukendelighed og døende. Han fandt på en eller anden måde frem til hvem gerningsmændene var. En stedfar til kvinden og hans søn. Begge alfonser og småkriminelle.

Ingen kender sandheden udover Rigor. Han ved om han selv er involveret i sagen. De to voldsmænd blev fundet i en støvet vejside lidt uden for Mortis Town. Pænt og nydelig henrettet ved nakkeskud.

At Rigor samtidig forsvandt fra byen tyder jo på, at han måtte have indset, at der kunne blive problemer, men der skete ikke noget. Folk forsvandt jævnligt fra Mortis Town, fordi de simpelthen ikke kunne udholde at være der, eller fordi en eller anden skummel fortid pludselig kom for tæt på. Almindeligt uvenskab, spillegæld, gravide kvinder, svindel, tyveri og lovning på nye lukrative jagtmarker. Grundene var mange.

Rigors pludselige forsvinden gav anledning til irritation i konsortiet. Han var en dygtig medarbejder, og han var stukket af fra en kontrakt.

Men der var ikke meget at gøre. Firmaet ønskede så lidt opmærksomhed som mulig om sine aktiviteter, og Rigor ville være en guldgrube for nævenyttige journalister og velmenende NGO-er.

De to lig i den støvede vejside blev ikke officielt sat i forbindelse med Rigors forsvinden. De døde var kendte kriminelle i den laveste rangorden og risikoen for at ende med en kugle for panden var en del af erhvervet.

Tre måneder efter fik jeg et postkort med et billede af en elefant. Der var et afsendernavn på kortet, som jeg ikke kendte til. Det var stemplet fra Sydafrika og havde været flere måneder undervejs.
Jeg var ikke tvivl. Det var Rigor der skrev, og jeg forsøgte at skrive tilbage.

Natmusik. Linocut

NATMUSIK

Gud ved hvem der synger i en nat så sent
forvist til en støvet rendesten
Det rammer hver eneste, eneste en
der evner at sanse noget
Der evner at sanse noget
Igennem det kunstige lys og mørke
med guitarens lille modstandsstyrke
i storbyens evige nattrafik
den ganske særlige natmusik
af kulos og kærlighedstegn
> Den ansigtsløse halser hjem
> for at male ansigtet frem
> Uden at vide hvorfor
> eller hvad der er sket

Som dugskriften hen over husene høje
som kastet ned gennem himlens øje
Så hudløs lyder et brændende sår
Den levende lyd som skrevet står
med helt personligt blod
> Den ansigtsløse halser hjem
> for at male ansigtet frem
> Uden at vide hvorfor
> eller hvad der er sket

Den evindelige tone i hans hoved var byens lyd. Selv midt i en nat som denne, hvor støvregn og blæst gjorde gaderne næsten mennesketomme, var lyden der. Et maskinelt åndedræt der med en svag stønnen kneppede den sidste rest af samhørighed ud i himmelrummets tågede natlampebelysning.

Var der biler i den by? Jo, enkelte elektriske køretøjer transporterede den dyrebare last af rigdomsbefængt overklasseelite ud til de afspærrede områder nord på, hvor svært bevæbnede vagter holdt styr på, at ingen unødig indtrængen fandt sted.

Samfundet var i løbet af få årtier blevet en kampplads, hvor befolkningsgrupper var sat op imod hinanden. Den summende uro i hans hoved var lyden af social uro, økologisk kollaps, massiv korruption og en økonomisk, social ulighed, der nærmest voksede dag for dag.

Hvordan lyder et samfund i opløsning? Det summer! Gu fanden hvor det summer! Det summer som en lort fyldt med grønne fluer.

Den sociale nød er synlig i gadebilledet i form af hjemløse tiggere og misbrugere, der slår sig igennem med vaklende styrke og bøjede kroppe. Et jaget folkefærd.

Lyden af den psykiske elendighed er det værste. De uopfyldte drømmes lyd. Den indestængte følelse af at tomhed og ligegyldighed mere og mere åbenbarer sig som tidens store forbandede sandhed om sig selv. Et mangelsymptom af ufattelig størrelse. Det guddommeliges ophør som nogen vovede at kalde det for lang tid siden.

Ud af tidens kollaps strømmede lyden. Et netværk af toner til overlevelse, som åbnede de lukkede sjæles stivnede paradeopstillinger. Betonsjælenes forkrøblede ånder fløj som mangefarvet konfetti ud i byens rum.

Selv var jeg en fordrukken idiot, der spillede musik på undergrundsstationer og på gader og pladser i det omfang man lod mig gøre det. Det var ofte et forhindringsløb om kap med politiet, og jeg var ikke hurtig til bens.

Vi var flere der tjente til føden ved at spille musik på gaden, rode i affaldscontainere og stjæle lidt hist og her, samt nasse på venlige menneskers hjælp og opbakning. Vi, der var gamle i gårde, kendte hinanden på godt og ondt. Vi var jo sådan en slags konkurrenter, hvor latterligt det end kan lyde, når man egentlig kunne nå længere ved at stå sammen og hjælpe hinanden, men sådan var det ikke. Helt ud i de yderste gademusikalske fingerspidser var samfundet gennemsyret af egoisme og brødnid. Selvfølgelig var det en kamp om overlevelse, men også en menneskelig falliterklæring. Selv her, helt ud på gaden var "kunstnerfaget" en branche af selvpromoverende egotrippere med knive i støvleskafterne og rundsave på albuerne efter den velkendte devise: Den enes død, den andens brød.

Når der kom nye til, så blev vi trods alt en slags fællesskab. Med det mål at få de nye jagtet ud af byen i en fart. Det lykkedes som regel, men nogle fik alligevel lov til at blive. Ofte fordi de lod sig underordne en af de lokale, betalte beskyttelsespenge og ikke mindst fordi det skete, at der var usædvanlig dygtige folk imellem og selv blandt gademusikanter, har kvaliteten indflydelse på indtjeningen.

Jennifer var afrikaner. Sort, umådelig smuk og ekstrem velsyngende. Hun dukkede pludselig op og begyndte at synge med på min sang. Himmelsk, rent og med en frasering som kun afrikanere kan fremtrylle og ganske få hvide kvinder, der ejer den sorte sjæls magiske evne og har et stærkt, levet liv med i bagagen, som en rå undertone af pivåben ærlighed. Noget der ikke kan læres på et musikakademis bonede gulve med den tilhørende baggrund i Charlottenlund og omegn. F.eks. at føle sig højt hævet over alle os andre undermålere, proletarunger og kanonfødeleverandører.

Jeg har hørt meget ligegyldig vellyd i mit liv. Meget musikalsk tyggemad. Som gademusikant er man jo heller ikke ligefrem en stjerne fra de store scener. Man vil naturligvis uden mindste diskussion ende i kategorien som: "En gademusikant blandt poeter er som et røvhul blandt trompeter". Min pointe ligger i det med ærligheden. Eller sagt på en anden måde: Trænger det du laver ind i andre menneskers sjæle? Bare lidt. Kan du røre de andre med en slags ubestemmelig kraft, en kraft der sætter livet i svingninger, som et lys der tændes, et glimt af noget større. De små hårs rejsning. De sentimentale tårer i øjnenes sø. Sentimalitetens væg der nedbrydes og fuldstændig nøgen og naivistisk får glaskæber til at briste.

Ja, det lyder sgu som noget okkult vrøvl, men er kunstens væsen ikke netop at gøre mennesker til andet og mere end en skabning der indtager føde og formerer sig og indkøber skrammel til kaminhylden. Noget med at række ud efter al den ubrugelige guddommelighed. Se til at sjælens ulmende kvasbunke blusser op i lys lue for en stund. Måske en slags kristelighed i ny og ustyrlig indpakning. Kærlighedens budskab i praksis. Ikke bare den evindelig kværn af snakkehoveder på speed og overbetaling.

Jennifer stod der pludselig på gaden ved siden af mig en lidt kedelig sensommeraften og sang andenstemme til den gamle, amerikanske folkesang, "Will the cirkel be unbroken".

Først byggede hun et rum omkring sig selv og sangen, så lukkede hun op til verden fra det rum. Så lod hun lyden strømme ud til de forbipasserende, der i begyndelsen ikke ænsede noget.

Sammenbidte fjæs på vej i samme retning. Den nærmeste S-togsstation eller et udsalg i stormagasinet. Det militære hvervekontor, sprutudsalget, lattergasfabrikken, gravens rand, helvedes port. Alle gik de samme vej. Formentlig bare hjemad til endnu en dag med evindelige genudsendelser af de sædvanlige løgne fra den vægstore tv-skærms afsprittede univers.

Vækkelse er et begreb fra hysteriske, religiøse fundamentalister. Det kan der siges meget ondt om og med rette, fordi det som regel ender i hadefulde modsætninger mellem mennesker. Hvem har den rette tro? Hvem har den rette praksis? Hvem har den rette fortolkning? Og hvordan udsletter vi alle de andre vantro lortehoveder? Helst på en pinefuld og djævelsk facon og stjæler deres værdier og ejendom og blive medlem af logen for opblæste røvhuller.

Vækkelsens åndelige side handler om at vågne op. Se lyset. Blive bevidst om en dimension i livet man ikke tidligere har oplevet, set eller forestillet sig. Nogle mennesker har den evne. Jennifer var et af de mennesker. Og jeg var måbende, men hvordan beskriver man lyd? Ja, hvordan beskriver man med ord oplevelsen af et kunstværk? Jeg ville ønske, jeg kunne forstå, hvad det er, der sker og måske endda kunne forklare mig.

Grundlæggende er det vel noget individuelt. Mennesker får ikke den samme "kunstneriske vækkelse". Den gode smag. Den elitære smag. Den opreklamerede smag. Det dyre. Det billige. Det berømte. Det ukendte. Frem for alt, så var Jennifer ægte, men nok også utrolig naiv. Ja, det lyder som endnu en gang tågesnak. Hun dukkede op fra mørket og hun forsvandt i mørket. Senere fandt jeg ud af hvorfor.

Der findes mennesker som har en vidunderlig evne til at give noget uspoleret, godt og smukt til verden. Ofte er det mennesker som umiddelbart ikke har meget at give af i almindelig forstand. Altså af det de fleste betragter som værdifuldt. Penge og den slags. Jennifer lod sit livs indre sol skinne på alle, der kom i hendes nærhed og det kostede ikke en krone.

Selvfølgelig var hun en slags flygtning. Selvfølgelig opholdt hun sig illegalt i landet og selvfølgelig fandt jeg ret hurtig ud af hvordan det hang sammen. Hun var egentlig kommet til landet på grund af et såkaldt højskoleophold arrangeret af platuglevirksomheden Tvind, og da opholdet var slut, så rejste hun ikke hjem igen. Hun boede rundt omkring hos venner og mere eller mindre godhjertede mennesker.

Tror man på, at der findes mennesker, som ejer en slags overnaturlig udstråling – karisma, et særligt lys. Mennesker som tryllebinder og ved deres blotte tilstedeværelse kan ændre andres gang på jord.

Personligt tror jeg ikke på ret meget. Efter et langt liv er min tiltro til en overnaturlig "godhed" forsvundet fuldstændig, og min tiltro til at medmennesket vil noget godt for andre end sig selv og sine nærmeste er kogt ind til en sjat sur suppe på bunden af en skåret kop.

Men jeg så det ske. Jeg så sværmen af veldresserede borgerlige skyklapsidioter standse midt på gaden og suge Jennifers lys til sig. Der skal nok være nogle der tænkte: - Hov, her er vist noget der kan tappes på flaske og sælges og gøre mig rig, rig, rig! Men så var hun forsvundet.

Oplevelsen hang i luften sådan som stor kunst kan mærke mennesker for livet. Det er derfor, at kunsten og kulturen er langt vigtigere end alle vores smalsporede rugbrødspolitikere forestiller sig.

Vi lever i en verden, der i sygelig grad er gennemsyret af begærlighed efter materielt skrammel og glitterstads. Flere ting til kaminhylden synes at være det højeste livsmål for mange. Kan jeg ikke dupere rakket med mine medmenneskelige egenskaber, så kan jeg da prøve med en dyr bil, et ekstravagant liv, rejser, lystbåde, ejendomme og magtfuldkommen arrogance.

Enkelte gange sker det, at livets tomhed manifesterer sig som et kunstnerisk stjerneskud. Et glimt der pludselig afslører at mennesket er et åndeligt væsen. Jennifer forsvandt igen fordi i Danmark er der ikke plads til mennesker fra andre egne af jordkloden, medmindre de er døde for et par tusinde år siden, eller har helt målbare kvaliteter til den lokale svinefabrik.

Nu er det jo dejligt uforpligtende at tilbede manden med tornekronen. Ham der prækede om næstekærlighed og tilgivelse og døde for menneskers skyld på korset.

De mennesker der lyser af kærlighed er i bedste fald sympatiske, men de har aldrig været herskende i den virkelige verden, hvor man længes efter skibskatastrofer og pludselig død, eller i bedste fald en fuldstændig forandret virkelighed, hvor kunst og kultur ikke forarmes.

Hun forsvandt bare fra den ene dag til den anden. Pist væk. Jeg opsøgte steder, hvor hun måske kunne være. Jeg eftersporede mennesker som kendte til hende, men det var uden resultat. Hun var forsvundet sporløst.

Man taler nogle gange om, at ny erkendelse, viden og lærdom bevæger sig frem i menneskers bevidsthed som på en uendelig trappe, hvor trådene samles trin for trin, så længe man lever. Her tænker jeg ikke på rationelle forklaringer. Jennifers udstråling var ikke naturvidenskab. Det var føleri på et højt psykologisk plan.

De ansigtsløse halser hjem for at male ansigtet frem. De blev pludselig ramt af et eller andet, men ved ikke hvad det er. De fik et glimt af et andet menneske i spejlet. Og de går ud i gaderne, og afventer det der skal komme. Forandringen. Og de venter i fællesskab. De går ud for at finde en berøring, et blik, et levende fællesskab. I første omgang uden at vide hvorfor. "Vente uden tanke, thi de er ikke rede til tanken. Da vil mørket vorde lyset og stilheden dansen."

Selv står jeg tilbage med en viden om, at det jeg oplevede hos Jennifer, var lyset der dansede. Hele livet havde jeg ventet på, at det skulle ske. Og så skete det. Og som om nogen havde tænkt: Nu har han vist set nok, så forsvandt det igen. Nu har han ubetinget set omverdenen i et nyt lys, har de tænkt. Nu skal han se sig selv som en del af det hele.

TÆLLE, TÆLLE

BLOMSTERBLAD

Tælle, tælle blomsterblad
Tælle som en leg
Hvad er det der skilles ad
Går du eller ej
Bliver du her hos mig

Tusindfrydens hvide ring
er som du og jeg
Skilles vi som ingenting
Går du eller ej
Bliver du her hos mig

Ingen ved hvad blomsten ved
Hvis du siger nej
Siger du ja et andet sted
Går du eller ej
Bliver du her hos mig

Om den almindelige sandhed at et ja til det ene, ofte medfører et nej til det andet, og kun i tilfælde af død eller koma lader sig opløse i noget helt tredje med mulige fatale konsekvenser eller bare ingenting, fordi den ansvarlige er forsvundet ud af livet. – Man kan sige: "Den der er lunken, vil jeg udspy af min mund. – Beslut dig!"

"Tror du på skæbnen?" lød hendes spørgsmål. Jeg var ikke parat til at indgå i den slags samtaler. Lidt beruset, men mest af hendes duft og vidunderlige udstråling, som jeg var.

"Tilfældighedens spil?" fortsatte hun. "Livets lotteri?"

"Det ved jeg ikke," lød mit behændige svar. "Lotteri har aldrig bragt mig noget. Jeg er ikke en spillernatur, men det sker, at jeg tager chancen og springer ud på ukendt vand."

Jeg så hende dybt i øjnene. De var grønlige. "Det lyder da interessant," sagde hun. "Det har jeg også prøvet."

Fine rynker omkring hendes øjne afslørede, at hun ikke var helt ung, hvad jeg heller ikke selv var. Hun var sandsynligvis i 40-erne og ganske tiltrækkende.

"Der var desværre ikke nok vand i basinnet til at jeg kunne drukne," fortsatte hun.

"Så jeg forsøgte at græde livet ud af mig selv gennem øjnene i stedet for. Sjælens spejl som du ved."

Åh, nej tænkte jeg. En af de der dage, hvor man møder den personificerede sørgmodigheds djævelske engel og skal høre om hendes seneste terapiforløb.

"Nå, hvad laver du ellers?" Spurgte jeg efter en dyb indånding og et nip til en glimrende mørk fadøl. "Jeg mener, når du altså ikke græder sjælen ud."

Pause og et ironisk smil. Dernæst fortsættelse.

"Hvad du jo tydeligvis ikke gør lige nu. – Græder"

"Jeg er forfatter."

"Nå, hvorfor det?"

Hun kiggede forundret på mig, som om det ikke var et relevant spørgsmål.

"Det er noget mentalhygiejnisk, sagde hun langsomt."

Hun viftede sit lange, perfekt klippede, lyse hår væk fra ansigtet og henover højre skulder med en meget kvindelig og mediebevidst, sexet bevægelse.

"Man kender måske noget du har skrevet?"

"Nej, det er ikke udgivet endnu."

"Nå, ja man skal jo begynde et sted."

"Du læser måske meget litteratur?"

"Nej, aldrig."

"Aldrig?" Sagde hun forundret.

Jeg nikkede og gentog: "Aldrig."

Hun var åbenlyst nysgerrig, som om jeg var det første menneske, hun havde mødt, der havde fravalgt læsningens glæder.

"jamen så er jo klart," sagde hun. "At du ikke kender noget jeg har skrevet."

Jeg nikkede. "Ja, især når du ikke har udgivet noget, men tidligere læste jeg faktisk en del. Nu gider jeg ikke læse de anmassende løgnehistorier om folks elendige barndom og dårlige forældre."

"Jamen, jeg har da skrevet en masse fra den virkelige verden. Det er bare ikke udgivet."

"Hm, sagde jeg. "Jeg er i den virkelige verden hver eneste dag. Lever i den virkelige verden til jeg dør. Det er nok for mig."

"Ok," sagde hun forundret. "Og alle de andre virkeligheder interesserer dig ikke?"

"Jo, men jeg har ikke plads til dem," svarede jeg med et smil. "Og jeg tvivler også på, at de er virkelige. Verden er jo som bekendt fyldt med løgn og forfalskninger, hvis vigtigste mål er at få mig til at købe noget. Tro på noget eller gøre noget for at fremme andres magt og rigdom."

"Man vælger selv," sagde hun. "Og en eller anden opfattelse af virkeligheden må man vel holde fast i."

"Naturligvis. Det siger sig selv, men den slags har det med at forandre sig. Se dig omkring. Mennesker i whiskybæltet ser verden fra en helt anden virkelighed, end jeg gør og af helt naturlige årsager. Vi har intet tilfælles. Men vi lever grundlæggende i den samme virkelighed."

Hun sagde ikke noget. Så ud som om hun tænkte, om jeg var værd at spilde mere tid på.

"Du provokerer," sagde hun.

"Synes du?"

"Mennesker har altid noget tilfælles."

Jeg svarede ikke. Hun havde jo ret. Jeg provokerede.

Pausen skulle nu indikere hvilken vej samværet skulle udvikle sig. Vi sad tilfældigvis ved det samme bord på en cafe. Vi havde aldrig truffet hinanden før. Hun havde et næsten tømt glas hvidvin foran sig. Jeg et glas øl, og næste skridt havde to helt enkle muligheder. Drik ud og gå eller bliv siddende. – Se hvad der sker. -Tælle, tælle på fingre og tæer.

Jeg aner ikke, hvor det kom fra. Et indfald ud af den blå luft.

"Må jeg byde på noget?" spurgte jeg. Valget var gjort. Således to mennesker i et billede fra den virkelige verden.

Fløjtespilleren. linocut

OM MUSIKALBUMMET

Cd-en UDEN FOR BILLEDET blev udgivet i 1993. Udgivelsen kom i stand som et samarbejde mellem komponisten og spillemanden Svend-Erik Pedersen og undertegnede. Vi havde skrevet og spillet musik sammen i nogle år og udgivet en LP (Sol efter regn) i 1993. Vi var et band som spillede jævnligt. Øvede og optrådte sammen med John Strange på bas og Martin Gerup på trommer. Et fint lille orkester der udelukkende fremførte sange skrevet af undertegnede og Svend-Erik.

I 1993 havde vi nyt materiale til et album. Vi sonderede ret overfladisk mulighederne for at få et kommercielt pladeselskab i ryggen. Egentlig var vi ligeglade. Vi havde jo vores eget: "HANKAT-Production med CVR-Nr. og momsregnskab og Svend-Erik som regnskabschef og som sædvanlig ingen penge i kassen. Tidligere havde vi finansieret en udgivelse via subskription fra lokale fagforeninger i Roskilde.

På en eller anden måde fik Svend-Erik denne gang overtalt banken til at yde os en kassekredit på 30.000 kr. Det var kapitalen plus nogle legatpenge fra DJBFA.

Martin Gerup havde netop fuldført sin uddannelse på det Rytmiske Musikkonservatorium. Han kendte et væld af unge musikere og var i øvrigt en kendt figur i rockgruppen Dieters Lieder fra Roskilde. Vi andre havde også grene ud til det lidt ældre musikmiljø samt musikere fra folkemusikmiljøet.

Det blev en uhyre interessant og positiv oplevelse. Martin producerede i et studie i Valby, El-sound hed det. Det blev naturligvis ret hurtigt omdøbt til øl-sound. – Vi drak nu ikke særlig meget øl. Det var faktisk et hårdt og koncentreret arbejde styret med blid hånd af Martin, som også havde arrangeret de 10 numre, vi fik indspillet.

Listen af medvirkende musikere er lang.

Per Fjord. Sang, guitar og mundharmonika
Svend-Erik Pedersen. Akustisk og elguitar og kor
John Strange. Bas og coverbillede.
Martin Gerup. Producer, arangør, keys, klokkespil
Erling Lund- Jensen. Piano
Sille Grønberg. Ukulele, sang
Keld Lauritzen. Hammondorgel
Bent Malinovsky. Pedalsteelguitar, dobro
Anders Roland. Akustisk guitar

Gitte Naur. Kor
Erik Grip. Sang
Flemming Nielsen. Perk
Hanne Methling. Sang
Sanne Graulund. Kor
Kazio Kierpaul. Harmonika
Åge Klausen. Perk
Emil De Wahl. Trommer
Halfdan E. Elektrisk guitar
Joachim Ussing. Elbas
Lars Rasmussen. Elguitar
Helle Henning. Kor
Rikke Schelde. Kor
Susi Hyldgård. Piano
Erik Rasmussen. Elguitar.

Teknik. Knut Haavik
Mix & Mastering: Finn Olafsson
Produceret og arrangeret af: Martin Gerup

Albummet blev godt modtaget i pressen. Der kom
flere meget fine anmeldelser. Bl.a. i Dagbladet In-
formation og i et par at de store provinsaviser.
Danmarks radio var som sædvanlig stort set
fraværende. De har med få undtagelser aldrig væ-
ret på banen når jeg har udgivet noget.

Vi var ikke dygtige sælgere. Vi havde ingen distribution. Vi havde ingen penge til markedsføring, og vi evnede ikke at stemme dørklokker og i øvrigt fare land og rige rundt til lokalradioer og reklamesprøjter og fedte os ind med hatten i hånden overfor folk der ikke syntes, at vi var berømte nok. Kunstbranchen er ikke synderlig sympatisk. Og den del der handler om musik er ingen undtagelse.

Men det blev en god CD. Og den holder stadig her 37 år senere. Ikke mindst takket være striben af dygtige musikere. Faktisk holder albummet så meget, at sangene har kunnet inspirere til denne her bog, hvis fortællinger og essays på tilbageskuende vis er blevet et miks af personligt erindringsstof og rendyrket fiktion hentet lige ud af virkeligheden. Dog på ingen måde den rendyrkede sandhed om hverken forfatteren eller andre.

Med kærlig hilsen

Per Fjord. 2021

Long-John for købmand Eriksen. Tusch